돌
봄
과 작
  업

돌봄과 작업

나를 잃지 않고 엄마가 되려는 여자들

정서경

서유미

전유진

박재연

홍한별

엄지혜

임소연

이설아

장하원

김희진

서수연

돌고래

내가 돌봐줄게

몽글몽글

너와 나의 꼬리

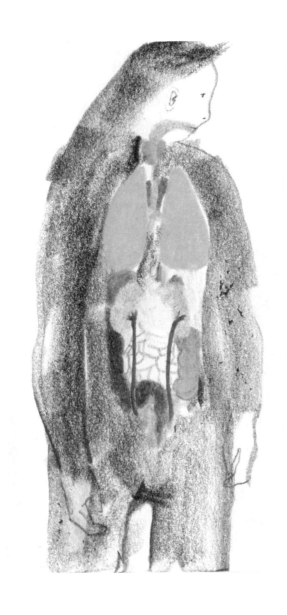

예쁜 너의 오장육부

흙 속에 나를 묻고 자라나기를

어두운 길을 갈 때

우리는 괜찮을 거야

이제 나는 내가 없는 곳으로 가야만 해

2017년 어느 날의 기록

오늘은 열이 나는 서로를 안고 카페에 출근했다. 전염성이어서
어디에도 맡길 수 없었다. 입이 헐어 먹고 마시지 못해 헬쑥해진
데다 열이 오르내리느라 땀범벅이 된 머리카락 때문에 젖은
새 같았다. 그렇게 작은 아이를 긴 의자에 뉘이고 서둘러
쓰레기를 정리하고 택배를 포장하고 롤 케이크를 만들었다.
안쓰러움과 별개로 그런 지리한 의무들을 먼저 처리해야 해,
그게 엄마의 일이야. 그렇게 시끄러운 데서 힘없이 누워 서로는
깊게 잤다. 서둘러 할일을 마치고 가게에 남편을 혼자 남겨두고
나온다. 오늘도 힘들겠지. 힘들어도 애가 뭘 먹었는지부터
걱정한다. 종일 오줌을 한 번 눴어, 먹질 않으니까 오줌도 못 눠.
오줌이 될 만큼의 물도 먹지 못한 애가 차에서 내려 장화를 신은
발로 고인 물을 첨벙거리면서 오늘 처음 웃는다.
서로는 비 오는 걸 좋아한다.

2018년 어느 날의 기록

몇 날 동안 그림을 그리지 않았다. 그림을 그리지 않고도 쉽게 잠들었고 다음날은 생각보다 아주 가까웠다. 밥 먹기 전의 짧고 간단했던 기도가 점점 길어진다. 너무 많은 것을 바라고 있는 건가. 후회가 많아 펼친 종이는 너무 넓고 공공연하다. 반으로 접고 또 반으로 접어서 거기 생긴 날카롭고 푸른 선들 사이에 비밀이라고 적는다. 언젠가는 손톱처럼 보잘것없는 진심을 꺼내놓고 통곡을 한 적도 있다. 그러면 아이들은 무지개처럼 달려와 깊이 안긴다. 우리는 서로의 둥근 등 위에 붉은 얼굴을 기대고 들짐승처럼 조금만 안심한다.

서수연

2011년부터 남편과 카페를 운영하며 책, 잡지, 광고 등의 분야에서 프리랜서로 일러스트 작업을 병행하고 있다. 2013년생 서로와 2015년생 서온, 두 아이의 엄마다.

2016년부터 현재까지 '퇴근드로잉'이라는 개인 프로젝트를 이어오고 있다. '퇴근드로잉'은 카페 일을 하고 아이들을 데리러 돌아가는 길에 버스나 지하철 안에서 그린 그림들로 시작되었다. 일과 상관없이 그저 그리고 싶은 그림을 자유롭게 그리는 이 드로잉은 아이들이 모두 잠든 밤 캄캄한 거실에서 비밀처럼 그린 그림들로 이어가고 있다. 한 해의 '퇴근드로잉'들을 모아 다음해의 달력을 만들고 있으며 이 프로젝트는 2050년까지 계속될 예정이다.

instagram.com/seosooc

돌보며 읽고 쓰는 사람들이
서로에게 보내는 존중과 응원의 말

'돌봄'이 오늘의 시대정신이라는 말을 기회가 될 때마다 종종
하고 다닌다. 어린이, 노인, 병인, 장애인 등 돌봄의 문제의식
아래 우리가 주목하게 되는 다양한 존재의 범주들이 있지만 이
책은 가장 일상적인 형태의 돌봄인 양육을 다룬다. 그러면서도
굳이 '양육' 대신 '돌봄'이라는 말을 쓴 것은 이런 확장의
가능성을 염두에 두고 싶기 때문이다.

　'돌봄'이라는 말은 이제 넓은 맥락에서 쓰이지만 다양한
용례를 관통하는 것은, 성취 지향적이고 경쟁적인 시스템을
보완해 서로 의존하고 성장시키는 시스템을 만들 수 있다는
믿음이다. 인간이라면 가질 수밖에 없는 취약성을 수용하고
서로 의존하고 보살피며 살아가자는 태도는 능력주의와는
정 반대편에 놓인 것이고, 다양한 존재들이 외부의 잣대에
상처받지 않고 각자의 속도로 각자의 모양으로 꽃피우기를

바라는 마음이기도 하다.

'돌봄'과 '작업'은 서로 상충하거나 무관한 말 같지만, 둘 다
우리 삶에서 놓칠 수 없는 중요한 과제들이고 둘 다 창조성의
영역에 속한다. 우리가 흔히 접하는 창조성의 이미지는 비범한
천재가 홀로 오랜 시간 몰입하고 집중해 무언가 대단한 것을
만들어낸다는 식이다. 하지만 우리는 경험으로 알고 있다.
창조적인 작업은 정지되고 고독한 시간 속에서가 아니라
흘러가는 분주한 일상 속에서 이루어진다는 것을 말이다. 진짜
나다운 것은 너를 보살피고 너에게 침범당하며 너와 뒤섞이는
와중에 만들어진다. 진짜 창조물은 머리만이 아니라 손발과
팔다리로, 마음과 오장육부를 거쳐 만들어진다.
　　그래서 창조적인 일을 하는 여자들의 구체적이고도
실질적인 이야기를 들어보기로 했다. 다만 창조적인 일을
순수한 예술의 영역에 가두고 싶지는 않았다. 연구든
예술이든, 다른 종류의 글쓰기든, 번역이든 인터뷰든
상담이든, 혹은 아직 이름이 없는 어떤 일이든 모두 창조적인
과업의 범주에 속한다고 믿는다. 작업이란 외부의 잣대나
규정과 무관하게 스스로의 필요에 따라 하는 일이다. (조금
겹칠 수도 있지만) 취미와도 다르고 직업과도 다르다. 이 책을
읽는 독자들 역시 소속이 있건 없건 자기만의 작업을 열망하는
이들이리라. 다양한 분야의 여성들이 일과 관계 사이에서,

자기 작업에 집중하는 것과 주변의 요구에 귀를 기울이는
것 사이에서 어떻게 느끼고 생각하고 선택하고 행동하는지
담고 싶었다. 그리고 그 결과 그들의 삶이 어떻게 변하는지
궁금했다. (아들이 어머니를 버리고 아버지에게 도전해 스스로
아버지가 된다는) 낡은 성장 도식을 넘어서 딸들이 어머니가
되는 새로운 성장의 이야기들이 더 많아지기를 바랐다. 이런
이야기들은 여전히 너무나 드물고 진지하게 평가받지도
못해왔지만, 앞으로는 여성들만이 아닌 더 많은 이들이 이런
이야기에 관심을 가질 수밖에 없으리라고 믿는다.

이 책의 필자들은 하는 일만큼이나 양육의 조건과 상황도
다 다르다. 외동을 키우든 아이 셋을 키우든, 직접 낳았든
입양을 했든, 아이가 어리든 자랐든, 아이가 순하든 예민하든,
베이비시터의 도움을 받든 조부모의 도움을 받든 아무 도움도
못 받든, 풀타임 직장에 다니든 프리랜서로 일을 하든, 나이가
많든 적든, 결혼과 출산에 익숙한 문화에서 자랐든 그렇지
않든, 아이 먹거리나 교육에 힘을 쓰든 그렇지 않든, 양육서를
읽든 읽지 않든, 각자의 이야기를 들려준다.
자신의 경험을, 특히 양육이라는 내밀한 경험을 만인에게
공개한다는 것이 얼마나 곤란한 일인지 잘 알기 때문에 청탁할
때부터 부담이 컸다. 다행히 기획 취지에 대해서는 모두
적극 공감해주셨지만 글을 직접 쓰는 것은 또 다른 문제라

주저한 분들도 많았다. 평소 이런 주제에 대해 귀한 이야기를 들려주셨던 분들이었는데도 그랬다. 조심스러운 지점에 대해 필자들과 긴밀히 이야기를 나누면서 양육에 대한 말이 불러올 수 있는 오해들을 다시 한 번 살필 수 있었다.

이런 지난한 청탁과 글쓰기의 시간을 지나 하나둘씩 완성되어 들어오는 원고를 볼 때면 하나같이 내 이야기 같아서 매번 울다가 웃다가 따뜻해졌다가 서늘해졌다. "그 어떤 경우에도 아이들이 있어서 행복"했지만 "사람은 너무 비싼 걸 사면 대체로 만족스럽다는 후기를 남긴다던데 어쩌면 난 아이들을 키우는 데 너무 많은 걸 투자했는지도 모른다."고 쓴 정서경의 사실과 한 치도 어긋나지 않는 자조적 고백도, "열 살 된 아이의 내부를 들여다보면 마트료시카 인형처럼 그 속에 좀 더 어린 아이, 그보다 더 어린 아이가 들어 있을 것 같다."는 서유미의 소름 돋게 정확한 비유도 양육을 하는 사람이라면 누구나 공감할 수밖에 없다.

"동네 어린이집 선생님들이 놀이터에 데리고 나온 아기들이나 책가방 메고 초등학교에 가는 아이들을 마주치면 예전처럼 '귀엽다'는 감정이 아니라 '가엾다'는 감정이 먼저 든다."며 아이에게서 도망친 기억을 들려준 홍한별의 이야기는 돌봄의 마음이 어떻게 더 넓은 연대로 확장될 수 있는지 의외의 방향에서 드러낸다.

"한 인간을 잉태해서 키워내는 수많은 여자들의 말씀이

포함되지 않은 철학은 아무리 고상해도, 아니 고상할수록 더더욱 '다 무효다!'라고 외치고 싶다."는 임소연의 씩씩한 선언은 이 책의 출판 가치를 웅변해주는 듯했다. "인류의 수많은 여자들이 이 일을 해왔다는 사실 하나만으로도 양육은 시공간을 초월하여 끊임없이 이야기되어야 한다."는 말에 힘을 받았다.

　　한편 "고난과 역경을 극복하여 성공에 이르는 영웅담은 육아에 어울리지 않는다. 육아의 서사는 그리 단순하지 않으며 단순해서도 안 된다. 그런 맥락에서 일과 육아에 모두 성공했다는 알파 우먼에 대한 기사를 그만 보고 싶다. 아무리 사연을 미화해도 그 삶에 있었을 온갖 고통이 다 읽혀 괴롭다."는 전유진의 속 시원한 일갈도 이 책이 예민하게 살피려고 했던 대목을 콕 짚어준다. 여기에 실린 이야기들은 슈퍼맘, 알파우먼의 이야기가 아니다. 그런 오해를 품고 책을 편 분들이라면 지금이라도 빨리 기대를 내려놓으시기 바란다. (더 좋은 음식이 많이 차려져 있다!)

　　"완벽한 부모야말로 최고의 재앙"이라는 말에 안도로 가슴을 쓸어내렸다는 엄지혜처럼 우리는 완벽과는 거리가 한참 멀지만("걸핏하면 불쑥 고개를 들어 나를 좀먹는 죄책감에서 벗어나기 위해 모든 것이 완벽할 수 없다는 사실에 동의하는 법도 조금씩 배워간다."라는 박재연의 말이나 "타협만이 살 길이다!"라는 주문에 가까운 임소연의 말도 같은 맥락이다.) "누구도 대답해주지 않는 상실, 도무지 이해되지 않는 상실을 받아들이느라 아파하는 아이 곁을 지키려니 20년 가까이 잠재워두었던, 충분한 애도를 끝내지 못한 상실이 꿈틀대기 시작"했고 "아이들과 몇 년에 걸쳐 함께 울고, 조금 가벼워진 마음을 나누고, 삶을 긍정하게 되는 과정을 함께하면서 이전보다 더 강건한 어른이 되었다."는 이설아의 말처럼 돌봄의 과정에서 우리가 부쩍 성장해 어른이 되어왔다는 것은 확고한 사실이다.

물론 기획 초기 단계에서는 늘 어렵게만 느껴지는 이런 생활을 내가 어떻게 지속하고 있는지, 지속할 수는 있는 것인지 하소연하고 싶었는지도 모른다. 나보다 더 어려움을 느끼는 사람들의 이야기를 들으며 위안을 받고 싶었는지도 모른다. 잘 해내는 사람들의 이야기를 들으며 영감과 용기를 얻고자 했던 마음도 당연히 있었을 것이다. 하지만 이 책은 누가 더 힘든지 경쟁하거나 양육을 하며 일하는 사람들의 고통과 고난을 자랑하려는 책이 아니다. 양육과 일을 동시에 잘하려면 이런 저런 전략이 필요하다고 제안하거나 주장하려는 책은 더더욱 아니다. 장하원의 말대로 의학적·과학적 지식과 피어그룹(맘카페)의 정보와 한국사회가 주문하는 이상적인 어머니상 사이의 모순을 헤쳐나가야 하는 우리 양육자들은 분열 속에서 "종종 망설이지만 그때그때 결정을 내리고 그에 대해 책임"을 진다. 그러니 이 책은 정답이 없는 상황에서

결정하고 실천하는 것이 얼마나 어려운지 양육을 통해 알게
된 사람들이 그 깨달음을 작업과 삶 전반으로 펼쳐내려고
노력하는 이야기다. 우리는 모두 다른 자원과 한계를 바탕으로
다른 자원과 한계가 있는 아이들을 키우고 있으며, 다른
문제들을 마주하고 다른 해결책을 시도해보는 중이다. 이렇게
다른데도 서로의 이야기에 귀 기울일 수 있고 공감할 수
있다는 것이 이 책의 값진 의미이기도 하다.

자신을 선명하게 드러내고 표현하는 일에는 늘 위험이 따른다.
공감과 관심은 그 어떤 때보다도 큰 힘이 되겠지만, 무관심이나
오해는 존재를 부정하는 듯한 상처를 줄 수도 있기 때문이다.
이 책에 진짜 자신의 한 조각을 담은 글과 그림을 주신 열한
분에게는 그런 의미에서 말로 다 할 수 없이 감사하다. 이들의
돌봄과 작업이 앞으로 더 복잡하고도 풍부한 관계를 맺기를,
그래서 이들의 삶이 가장 독특하고 행복한 열매를 맺기를
기도한다.
　　　나는 글을 쓰는 내내 주변의 일 욕심 많고 책임감 넘치는
여성 동료들을 떠올렸다. 그 여자들에게 이렇게 말해주고
싶다고 썼다. "당신이 태어나 자라면서 가정과 사회에서 있는
그대로 사랑받고 충분히 수용받았다면, 당신들은 지금보다
훨씬 더 권리감 있는 인간들이 되었을 거라고. 그렇게 해서
열심 끝에 마주하는 결말이 번아웃이 아니라 창조적인 삶이

되었을 거라고."

　이 책은 어딘가에서 비슷한 욕구와 비슷한 좌절, 비슷한 시도와 비슷한 실패를 오가고 있을 독자들을 향해 손을 내미려는 시도다. 저마다의 상황에서 저마다의 방식으로 성장하고 있을 독자들을 향해 보내는 신호다.(아이를 키우는 여성 직장인과 미팅을 할 때면 말로 하지 않아도 눈빛을 통해 '지금 힘드시죠?', '괜찮아요?', '우리 힘내요.', '제가 당신, 일 잘하는 거 알고 있어요.' 하는 응원을 받았다는 엄지혜의 글을 떠올리며 온 마음을 담아 눈빛을 발사하는 중이다.) 당신이 회사를 다니든 프리랜서로 일을 하든 무언가를 준비하고 있든 혹은 무엇을 해야 하나 깊은 굴에 빠져 고민하는 중이든 당신은 당신의 작업을 하며 나아가고 있는 중이다. 독자들이 부디 이 신호를 발견하고 반가워해주시길, 그리고 마치 나의 이야기인 것처럼 나와 전혀 다른 사람들의 이야기를 존중하고 수용하며 읽어주시길 바란다.

차례

정
서경

진짜가 아닌 이야기는
쓰고 싶지 않다

시나리오
작가

여자가 멀쩡한 정신으로
아이 둘을 낳게 되는 과정

내게 아직 아이가 없었을 때 아이를 가질 수도 있다고 생각한
이유는 설마 그 아이를 내가 키우게 될 줄 몰랐기 때문이다.
설사 내가 키우게 되더라도 이렇게 힘들 줄은 몰랐기 때문이다.
내가 이상한가? 그러면 아이를 키우는 게 얼마나 힘든지
알면서 다들 아이를 낳으려 든단 말인가? 아니다. 나 같은
여자들은 꽤 있다. 친한 친구나 친척들 가운데 아직 아기를
낳은 사람이 없거나, 있다 해도 관심이 없어서 실상을 모르는
사람들, 지인 중에 누군가 아기를 낳았다는 소식을 들으면
당분간 연락을 끊는 사람들, 아이를 갖는 것을 운전면허를
따는 것과 비슷하게 생각하는 사람들, 그리고 막상 아기를

낳으면 깜짝 놀라 울부짖는 사람들.

이것은 그런 여자가 어떻게 해서 한 아이의 행복한 엄마가
되고 또 멀쩡한 정신으로 다른 아이를 갖기로 결심하게
되는지에 대한 이야기이다.

오를 만한 산을
찾아다니던 청년기

나의 성장 환경은 평범했다. 아버지는 회사에 다녔고 어머니는
가정주부였다. 우리 부모님은 어린 시절에 전쟁을 겪은 세대의
다른 분들처럼 생존을 위한 교육 문제에 아주 민감했다.
자식들의 교육을 위해서라면 많은 것을 감수할 준비가 되어
있었다. 나는 조금 더 나은 성적을 위해서 설거지, 청소기
돌리기, 빨래 널기 같은 크고 작은 집안일들을 면제받았다.
어느 사이엔가 그런 일들은 나와 관계없는 공공영역에 속한
일처럼 느껴졌다. 학교에 갔다 오면 누군가 해놓는 일들, 자고
일어나면 우아하게 마무리되어 있는 일들. 그런 일들은 주로
엄마가 했다. 일부러 생각해본 적은 없지만 아이를 돌보는 일도
나에겐 '공공영역'에 속했을 것이다. 그래서 나는 엄마가 되고
싶지 않았다. 그 일들은 내 일이 아니니까.

10대와 20대에 나는 인생을 등산 비슷한 것으로

여겼다. 어렵고 외롭지만 정상을 향해 올라가는 일. 여기서 정상(頂上)이란 직업에서의 정상을 의미한다. 그러기 위해서는 먼저 오를 만한 산을 찾아내야 한다. 10대와 20대의 대부분을 그 산을 찾느라 보냈다. 제일 먼저 오르기 시작한 산은 얼마 지나지 않아 '그 산'이 아니라는 것이 밝혀졌다.

중학교 2학년 때부터 내 진로를 '철학'이라고 정해두고 있었다. 일단 어감이 멋지다. 보편적이다. 품위가 있다. 경쟁률이 낮다.(치열한 경쟁을 쑤시고 들어가는 것은 좀 쑥스럽지 않은가?) 그리고 남성적이다. 할 수만 있다면 여성적이지 않은 진로를 택하고 싶었다. 사춘기를 지나면서 '여성적'이라고 여겨지는 어떤 것들이 쿡쿡 살을 찌르는 스웨터처럼 불편했다. 하지만 막상 대학에 들어가 보니 내게는 논리적 사고력이 없다는 것이 밝혀졌다. 나는 철학에 논리적 사고력이 그렇게 중요한지도 몰랐다. 책을 읽을 때에도 이야기가 너무 차근차근 진행되면 답답해져서 얼른 뒷부분부터 넘겨보는 성격인데 엄밀하고 정확하게 단계를 밟아 진행되는 강의의 전개를 견딜 수 있었겠나?

얼마 안 가 나는 수업 중에 똑딱거리며 화장실 가는 여학생으로 알려졌다. 하이힐을 신으면 세계가 조금 달라 보이는 것이 신기해서 발이 아픈 것도 모르고 날마다 높은 구두를 신던 시절이었다. 정말 화장실에 가고 싶었는지 지루해져서 참을 수가 없었는지 강의의 하이라이트에

이르면 어김없이 한 여학생이(거의 유일한 여학생이) 하이힐을
똑딱거리며 밖으로 나가버리니 선생님들로서는 매우 맥이
빠지고, 다른 학생들로서는 꽤나 신경 쓰이는 일이었을 것이다.
하여튼 밖으로 나오면 기분이 좋았고 그렇게 똑딱거리며 나는
강의실에서 멀어졌다. 이제 대학에서의 남은 시간은 잔디밭과
카페, 지하철 막차에서 서성거리면서 보내게 될 것이었다.

평온한 삶에
어린아이를 초대하는 일

20대 후반에 이르러 나는 다른 산에 오르기로 결심한다.
그것은 영화 시나리오를 쓰는 일이다. 그렇지만 차근차근
설명하는 성격이 아니라서…… 과정은 생략하겠다. 그런데
그 산을 오르는 도중 갑자기 인생이 예상치 않은 방향으로
전개된다. 남자친구가 생기더니 결혼을 하게 된 것이다! 그것도
전혀 생각지도 않은 타입의 남자와! 늘 성숙하고 지적인
남성에게 끌린다고 생각했는데 내가 막상 결혼한 남자는
햇볕에 그을린 천진한 운동선수 내지 농부 타입이었다. 그의
이름은 '순철'이다. 살면서 결혼을 하리라고 생각해보지
않았으니 이상형이네, 아니네 불평하고 싶진 않지만 어쨌든
처음부터 순철에게 그런 힘이 있다는 걸 알아봤어야 했다.

내가 전혀 원하지 않던 일을 하게 하는 힘.

그런 순철이 어느 날 '우리 아이는 언제 가질까?'라는 식으로 이야기를 꺼냈을 때 나는 좀 더 긴장했어야 옳았다. 장소는 차 안이었고 대화는 이런 식으로 진행되었다.

나   (놀라며) 뭐, 우리 아이 낳을 거야?

순철   언젠간 낳게 되지 않을까?

나   누가 키워?

순철   우리 어머니가 키워주실 거야. 주중엔 부천에 데려다 놓고 주말에만 데리고 오면 돼.

나   뭔가 이상한데? 잘은 모르지만 아이를 낳는 건 부모가 키우려고 그런 거 아닐까? 주말에만 데리고 오면 그런 기분이 덜 들 것 같은데?

순철   그러면 니가 키울 거야?

나   (곰곰 생각해보고) 내가 낳을 테니까, 니가 키워.

여기까지 말했을 때, 신혼이었던 나는 결혼한 남자에 대한 환상을 아직 가지고 있었다. 결혼을 했기 때문에 어쩔 수 없이 생기는 공공영역의 책임을 반씩 나누어 질 거라는 환상. 잘못 알고 있는 것도 있었다. 아이는 낳는 게 반이라는 생각.

내 예상과 달리 순철은 끝내 내 말을 긍정해주지 않았다. 말로만이라도 그러마고 하지 않았다. 그냥 내 기분을 좋게

정
서경

해주려고 늘 헛된 약속을 남발하는 캐릭터였는데도! 아이를 낳고 키우는 것에 대해 아무 개념이 없던 나와 달리 그에게는 두 아이를 낳아 기르는 누나가 있었던 것이다.

순철   내가 키울 수야 없지 않을까?
나   그럼 내가 키울까? 낳기까지 했는데 키우는 것도 내가 해야 되냐고?
순철   천천히 생각해보자, 당장 갖자는 건 아니니까.
나   한 마흔쯤?

내 나이는 서른셋이었다. 결혼을 하긴 했지만 어쨌든 산을 계속 올라야 한다고 생각하고 있었다. 막 세 개의 시나리오를 끝냈고 이제부터 무엇을 더 할 수 있는지 알아볼 참이었다. 하지만 아이를 낳아 기르기 시작하면 산은 언제 오른단 말인가? 그러나 머지않아 우리는 아이를 갖게 된다. 순철은 그런 사람이다. 아무튼 우리가 그때 아이를 가질 수도 있다고 생각한 이유는, 우리는 원래 충동적이고 새로운 것이라면 무턱대고 좋아하는 사람들이고, 그리고 행복했기 때문이다.

망설임 끝에 결심한 결혼은 만족스러웠다. 새로운 가족 관계는 나에게 두려움보다는 즐거움을 주었다. 그리고 고양이 두 마리가 있었다. 나는 이 녀석들과도 사랑에 빠져 있었다. 내가 결혼을 결심한 것은 부분적으로 내 고양이들에게

안정적인 가정환경, 즉 전세 아파트를 마련해주고 싶기
때문이기도 했다. 몇 년 동안 고양이들과 함께하면서 스스로
헌신과 애정의 능력에 자신감을 갖게 되었다. 어쩌면 아이와도
뜻밖에 잘해나갈지 모르지!

　　우리는 돈이 있으면 나눠서 써버려야 직성이 풀리고
행복하면 다른 사람들을 우리 삶에 초대하고 싶어 안달인
사람들이었다.(나는 원래 그런 사람이 아니었는데 그런 사람과
결혼해서 적극적으로 감염되었다.) 그래서 우리 삶에 작은 어린아이
하나를 초대해도 큰 문제가 없을 거라고 생각했다.

　　　임신기와 출산기를 채운
　　　기쁨과 승리감

임신 기간은 대체로 유쾌했다. 나는 임신 초반의 요란한
꿈들이 좋았고(수십 가지 종류의 태몽을 꾸었다.) 다른 사람이
된 것 같은 느낌에 매혹되었고 주변의 모든 사람들에게
사랑받고 존중받는 기분을 즐겼다. 임신 후기에는 임신이 만약
병이라면 평생 앓는다 해도 크게 유감이 없겠다 싶을 정도로
편안해졌다.

　　그런 순간이 생각난다. 아이가 나오기 바로 전 주였다.
그날은 아이를 낳기 전에 준비할 일들을 마무리 지었다.

정
서경

공과금을 정리하고, 친정에서 산후조리를 할 동안 우리
집을 봐줄 친구를 위해 인터넷을 연결하고, 이불들을
빨아놓고, 고양이들 먹을거리를 준비하고, 창문을 모두 열어
구석구석까지 닦았다. 그리고 밤이 되었다.

　　순철은 스탠드만 켜놓은 어두운 거실에서 자고 있었고
나는 식탁에 앉아 조용히 집안을 돌아보았다. 내 무릎에
고양이 한 마리가 앉아 있었고 내 손 닿는 곳에 또 한 마리가
있었다. 집은 아늑하고 우리는 서로 다정했다. 모든 것이 좋은
균형을 잡고 있었다. 나는 이러한 고요와 평화가 어떤 과정을
통해 얻어진 것인지 천천히 떠올려보았고 내가 자발적으로
이러한 상태를 깨뜨리겠다고 결심한 것이 새삼 놀라웠다.
하지만 행복은 순간순간이고 이번 행복이 지나가면 또 다른
행복이 온다는 것을 경험했기 때문에, 각각의 행복에 너무
집착할 필요가 없다는 것을 알았기 때문에 그냥 내버려두기로
했다, 이번 행복은 이쯤에서 지나가도록. '아마 아기를
낳으면 힘들겠지만 더 행복해지겠지.'라고 다소 속 편하게
생각해버렸다.

　　출산 과정도 생각한 것보다 더 힘들지는 않았다. 출산을
경험한 여자들은 누구나 출산을 앞둔 여자들에게 자신의
경험을 말해주기 때문에 그것이 힘들다는 것을 모르는 여자는
없다. 과연 나의 출산은 어떨까? 두려움보다는 기대가 더 컸다.
출산은 한 여자의 가장 고유한 경험이며 정체성의 커다란

부분이 된다는 것을 주변 사람들로부터 보고 들었기 때문이다.
나의 경우는 다른 사람이 난산이라고 부를 만한 것이었다.
진통 42시간, 분만 네 시간 반. 수술을 해야 할지 의논하기
위해 의사가 순철을 복도로 데리고 나간 것만 세 번이었다.
하지만 그때마다 나는 아직은 견딜 수 있다는 생각이 들었고,
아기가 나오는 마지막 순간까지도 한 번 더 힘을 줄 수 있다고
생각했다.(그러다가 죽을 수도 있다고 생각했지만 그게 대수롭게
여겨지진 않았다.) 그리고 아기가 태어나자 행복감이라기보다는
승리감이 밀려왔다. 평생 그토록 '내가 이겼다.'고 느껴본 적이
없다. 아기는 간호사들이 '이럴 줄 알았어!'라고 외칠 정도로
컸다. 초음파로 보았을 때 3.23킬로그램이었는데 막상 나와
보니 3.86킬로그램이었다.

승리의 기분은 며칠 동안 이어졌다. 모든 게 다행이고
감사하다는 기분이었다. 아기가 건강한 것이 다행이고, 힘든
출산을 견뎌준 것이 고맙고, 의사가 제왕절개를 권하지 않은
것이 감사하고, 심지어는 아기가 초음파로 봤을 때 작아 보여서
자연분만을 할 수 있는 기회를 얻은 것이 기뻤다.(물론 시간이
지나면서 다시 생각해보게 된다. 아기가 위험했던 것은 아닌가, 과연
그토록 자연분만에 집착할 필요가 있었나.) 한동안 순철과 나는
힘들었던 이틀의 경험을 되새기며 서로를 위로하고 승리의
기쁨을 몇 번이고 맛보았다. 그러나 상대적으로 아기에게는
소원한 느낌이 들었다. 그 느낌은 산후조리원에서의 2주가

정
서경

끝나도록 사라지지 않았다.

다시 돌아갈 수 없는 삶

내가 처음 울기 시작한 것은 산후조리원에서의 생활을 끝내고
아기를 데리고 친정으로 들어간 첫 날이었다. 우리는 아기가
백일이 될 때까지 친정집에서 지내기로 계획하고 있었다.
어머니가 제안한 것이긴 했지만("아기가 밤에도 울고 하는데 니가
그걸 어떻게 혼자 다 하니?") 나는 고양이들을 위해 그 제안을
받아들였다. 아기를 낳는다고 해서 고양이들을 다른 곳에
보내고 싶지는 않았기 때문이다. 나는 이 부분에서 완고했다.
아기와 고양이를 왜 함께 키울 수 없는지 끝까지 납득하지
못하기도 했지만 아기를 낳는다고 해서 나의 핵심적인
라이프스타일을 포기하고 싶지 않았기 때문이다. 이것은
순철을 포함한 주변 사람들의 걱정에 대한 타협책이었다.
　　그날따라 아기가 많이 울었다. 한시도 누워 있으려 하지
않았고 끊임없이 누군가 안고 있어야 했다. 지금 같으면
아기가 하는 말을 들었을 것이다. 익숙해진 환경을 떠나 낯선
곳으로 온 것이 당황스러워요, 아마 아기는 그런 말을 했을
것이다. 하지만 그때는 아기를 흔들며 묻고 싶은 기분이었다.
왜 우는 거야, 내가 젖도 주고 안아주기까지 했는데 왜 우는

거야! 언제까지 널 안고 있어야 해! 아기를 보기 위해 일찍
퇴근하신 아버지가 우리 방으로 들어오셨을 때 마침 아기가
울기 시작했고 나도 따라 울기 시작했다. "왜 우니?" 당황한
아버지가 물었다. "아기가 너무 많이 울어요." 내가 대답했다.
그때 아버지의 표정이 잊히지 않는다. 아마도 내 딸은 좋은
엄마가 되지는 못할 것 같다, 그런 느낌이었다.

그 이후로 부모님 앞에서 우는 일은 그만두었지만 혼자
남는 순간에는 계속 울었다. 이제 난 망했다, 짧게 잡아도
20년 정도는 망한 거야. 사람이 이런 식으로 자기 행복을
망칠 수가 있구나. 그때 생각했다. 내가 간직하고 있는 행복의
영상을 떠올렸다. 아무도 울지 않는 조용한 집, 순철과 두
고양이. 다시는 그 삶으로 건너갈 수 없다는 것을 믿을 수가
없었다. 아기를 낳는다는 것은 이런 것이구나, 그제야 실감이
났다. 내가 임신한 동안 기뻐해주고 격려해주었던 어른들의
얼굴을 하나하나 떠올렸다. 모두 앞으로 내가 어떻게 될지 알고
있었어. 하지만 실상을 말할 수가 없었을 거야. 그러면 내가
아기를 낳지 않으려 들 테니까.

부른 배를 보며 축복해주고 예쁜 아기일 거라고 덕담을
해주었던 동네 할머니들, 마트에서 만난 아주머니들도
떠올렸다. 나는 그들의 관심과 덕담을 즐겼지만 그런 말 끝마다
따라붙는 '지금이 제일 좋을 때다.'라는 말이 늘 의아했다.
아이를 낳으려고 갖는 거지, 배 속에 넣어두려고 갖는 건가?

정
서경

이제야 모든 것을 알 것 같았다. 임산부를 향한 아낌없는 호의, 뭔가를 모의한 듯한 미소의 진짜 의미를. 이제 네 차례다, 이거지. 인류는 이런 식으로 유지되고 있는 것이다, 아이를 갖는 것이 얼마나 고통스러운지 절대로 말하지 않으면서. 진실이 밝혀지면 제정신을 가진 사람 중에 누가 아이를 가지려고 하겠는가? 나는 덫에 걸린 것 같았다. 보이스피싱 같은 것에 낚여 나도 모르게 무시무시한 물건을 주문해버린 것 같았다, 20년 할부로.

한 3주 정도 이런 생각으로 날마다 울었다. 조금 과장되긴 했지만 지금 돌아봐도 그때의 내 예상이 크게 틀린 것 같진 않다. 아이를 낳은 이후로 나는 단 몇 시간도 이전 삶으로 돌아가지 못했다. 나의 일, 고양이들과 남편과 가족의 의미가 달라졌고 하루의 아침과 저녁이 이전과 같을 수 없었다. 나는 한 번도 고려해보지 않은 삶을 살게 되었다. 한동안 잠을 푹 잤다든지 마음 놓고 밥을 먹었다는 느낌을 갖지 못했고, 저녁 늦게 귀가하는 일(일 때문에라도)도 없었다. 힘들었다. 그렇지만 믿을 수 있겠는가? 행복했다. 이전과는 다르지만 온 세상에 외치고 싶을 정도로 행복해졌다.

그래서 아기가 태어나고 24개월이 지난 후 우리는 고민하기 시작한다. 우리가 이처럼 행복한데 다른 누군가를 우리 삶에 초대해야 하지 않을까? 그리고 내가 이전에는, 이성을 가진 인간이라면 절대 하지 않으리라 여겼던 선택을 하게 된다. 다시 한 번 아기를 갖는 일.

———————————————————————

점선 위의 글을 쓴 것은…… 지금으로부터 12년 전, 2011년이
밝았을 때, 이제 막 뱃속에 둘째 아이가 생긴 시점이다. 임신한
여성의 낙관적인 호르몬이 느껴진다. 30대 젊은 엄마의 패기
같은 것도. 그때는 왜 예감하지 못했을까? 둘째 아이를 가지는
것은 생각과는 전혀 다른 일이라는 것을. 아이가 둘 생기면 두
배로 힘든 것이 아니라 네 배, 때로는 열여섯 배 힘들다는 걸.
같은 이유였다. 내 주변에 둘째 아이를 가진 사람이 없었고,
있다 해도 얼마나 힘든지는 비밀이었다. 그것이 알려지면
아무도 둘째를 낳지 않을 테니까.

나를 내주고
'엄마'라는 사람이 되었다

이제 두 아이들은 사춘기 청소년이 되었다. 많은 일이 있었지만
차근차근 설명하는 성격이 아니라서…… 생략하겠다. 다만
어떤 순간에도 아이들이 있는 것이 행복했다. 아이들이
없던 삶으로 되돌아가고 싶었던 적이 한 번도 없다. 물론

정
서경

아이를 낳지 않았더라도 행복했으리라는 것을 안다. 조금
다른 행복이었을 것이다. 조금 덜 고통스럽고 조금 덜 맹렬한
행복. 사람은 너무 비싼 걸 사면 대체로 만족스럽다는 후기를
남긴다는데 어쩌면 난 아이들을 키우는 데 너무 많은 걸
투자했는지도 모른다.

내가 투자한 건······ (어떻게 말해야 좋을까?) ······나
자신이었다. 이걸 설명하고 싶어질 때마다 나는 머릿속으로
어떤 장면 하나를 떠올린다. 첫째 아이를 낳을 때였다. 갑자기
정신이 혼미해지고 주변의 소리가 멀어지더니 죽을 수도
있다는 생각이 들었다. 의사 선생님이 산소마스크를 씌워주며
숨을 크게 쉬라고 했다. 그때 떠오른 생각이 대문자처럼
생생하다. 아기를 낳고 내가 죽는 것과 아기가 죽고 내가 사는
것 사이에 선택해야 한다면? 당연히 아기를 낳는 쪽을 택할
것이다. 망설일 필요도 없다. 왜일까? 내 선택이 아니라 자연의
선택이니까. 우리 어머니가, 할머니가, 수많은 엄마들이 똑같은
선택을 했고 나는 방금 그중 하나가 된 것뿐이니까. 지금부터
나는 비슷한 선택지 앞에서 끝없이 같은 선택을 하겠지. 그것이
앞으로의 내 삶이다. 머리가 멍했던 짧은 순간에 갑자기 이
우주적 사실을 한꺼번에 이해했다.

그리고 정말 아이에게 모든 것을 내주었다. 자고, 먹고,
씻고, 친구를 만나고, 영화를 보고, 거울을 보는 나 자신.
아이를 재우고 기진맥진해진 밤이면 아무것도 없이 텅 빈

가슴이 느껴졌다.

돌아보면 그 자리를 채운 것은 사랑이었다고 생각한다.
처음에는 이름을 붙일 수 없는 어떤 것이었다. 그 이후로 나는
중요하지 않은 시나리오는 쓰고 싶지 않았다. 진짜 사랑이
아닌 것은 쓰고 싶지 않았다. 사람들을 바라보면 그 속에 들어
있는 어린아이가 보였다. 사랑이 필요하지 않은 사람은 아무도
없었다. 그게 없으면 사람은 죽으니까. 그리고 이상하게도……
다른 사람들을 위해 쓰고 싶어졌다. 관객과 시청자들이 원하고
그들에게 필요한 이야기를. 이전의 나는 나를 위해서 썼다.
그렇게 「아가씨」와 다른 이야기를 쓰기 시작했고…… 그렇게
해서 나는 '엄마'라는 사람이 되었다.

정
서경

정서경

──────

한국예술종합학교 영상원을 졸업하고 「모두들, 괜찮아요?」
를 통해 작가로 데뷔했다. 2005년 영화 「친절한 금자씨」를
시작으로 2006년 「싸이보그지만 괜찮아」, 2009년 「박쥐」,
2016년 「아가씨」, 2022년 「헤어질 결심」까지 박찬욱 감독과
주로 작업했다. 드라마로는 2018년 「마더」와 2022년 「작은
아씨들」을 썼다.

　「박쥐」를 쓸 때에 첫째 아이를 가졌고 미국 영화 「스토
커」 작업을 할 즈음 둘째 아이를 가졌다. 아이들이 어렸을 때
는 시나리오 쓰는 일보다 아이들 키우는 일을 우선에 두었지
만 이제는 아이들이 10대가 되어 그러지 않을 수 있다. 가끔은
아이들이 나서서 엄마의 일이 더 중요하다고 말해준다. 아이
들이 커가는 것을 보면서 인간에 대한 이해가 더해지는 것을
느낀다. 지금은 아이들이 없었더라면 쓰지 못했을 시나리오
들을 쓰고 있다.

서
유미

손을 잡고
걸어가는 일

소설가

아이는 마트료시카처럼
어릴 때 모습을 품고 있고

일주일에 두 번, 나는 아이의 하교 시간에 맞춰 교문 앞으로 간다. 열 살인 아이는 혼자 하교할 수 있지만 아직은 엄마와 손을 잡고 집으로 걸어오는 것을 더 좋아해서 즐거운 마음으로 교문 앞에서 아이가 나오기를 기다린다.

요즘 아이는 학교 앞 문방구에서 파는 먹거리에 푹 빠져 있다. 교문에서 나를 만나면 집으로 가기 전에 손을 잡아끌고 문방구로 향한다. 진열되어 있는 몇 개의 스낵과 캔디류를 둘러보며 신중하게 고민한 뒤 두 개를 골라 들고 기대에 찬 눈으로 내 얼굴을 쳐다본다. 나는 집에서 먹는 간식보다 나을 게 없는 젤리나 풍선껌을 보며 고개를 끄덕거린다. 아이는 먹거리들을 하나하나 탐색해가는 중이고 아직 같은 것을 두 번 고르지는 않았다. 만화책을 보며 먹을 생각에 신이 나는지 껌과 젤리를 손에 쥔 채 활짝 웃는다.

하굣길에 아이의 손을 잡고 집으로 걸어올 때면 나는 좀 감격스러운 마음이 된다. 애써 아이의 보폭에 맞추지 않아도 되고 주변의 상황이나 아이의 상태를 부지런히 살피며 걷지 않아도 된다는 사실이 새삼스러운 기쁨을 선사한다. 아이가 좀 더 어렸을 때는 중간에 화장실에 가고 싶은지, 물을 마시고 싶은 건 아닌지 묻고 챙겨야 했다. 얌전한 편이라 돌발행동을 하지 않는데도 주변에 폐를 끼치면 안 된다는 책임감이 묵직하게 따라다녔다. 그런데 이제는 가벼운 차림으로 걷는 일 자체에 집중할 수 있게 되었다. 학교에서 무슨 일이 있었는지 자연스럽게 이야기를 나누며 하늘에 떠가는 구름의 모습을 감상할 수도 있고 가로수의 색을 보며 계절의 변화를 살필 수도 있다. 아이를 데리고 오는 것이 아니라 함께, 나란히 걷는다는 말에 걸맞은 상태가 되었다는 것이 나를 감격스럽게 만들었다.

집으로 돌아오는 길에 내가 간절히 바라는 것은 한 가지뿐이다. 저녁때까지 둘이 평화로운 시간을 보낸 뒤 하루를 마무리하는 것. 아이는 간식과 만화책에 빠져 있는 동안에는 나를 찾지 않을 것이다. 우리는 적당히 떨어진 채로 자기만의 시간을 보낼 수 있을 것이고 운이 좋다면 아이 옆에서 책을 조금 읽거나 한두 문장쯤 쓸 수도 있을 것이다. 확실히

육체적으로 분리되는 시기에 접어든 것이 실감났다.

집에 와서 씻고 새 옷으로 갈아입은 아이는 풍선껌을 씹으며(아직 풍선을 불 줄은 모른다.) 만화책을 읽기 시작했다. 내용에 따라 표정이 미세하게 변하는 아이를 바라보고 있으니 러시아 인형 마트료시카가 떠올랐다. 열 살이 된 아이의 내부를 들여다보면 그 속에 좀 더 어린아이, 그보다 더 어린아이가 들어 있을 것 같다. 나는 가끔 현실의 아이를 보며 마트료시카의 세 번째나 네 번째 순서에 들어 있는, 미끄럼틀을 타고 내려오며 손을 흔드는 서너 살쯤의 아이를 떠올리기도 하고 기저귀를 차고 뒤뚱거리며 걸어오던 모습을 발견하기도 한다. 시간의 흐름 반대편에 있는 아이와 나의 모습이 그 속에 고스란히 간직되어 있는 것 같다.

감염병 유행의 시기에도
아이는 자란다

열 살의 아이 바로 안에는 초등학교 입학 무렵의 아이와 내가 들어 있다.

아이가 일곱 살이 되어 초등학교 입학이 현실로 다가왔을 때 나는 고3 때보다 더 큰 심리적 압박감에 시달렸다. 출산 휴가 이후 다양한 고비를 넘기며 직장 생활을 이어오던

서
유미

워킹맘들도 아이가 초등학교에 입학한 해에 육아 휴직을 쓰거나 퇴직을 하게 된다는 얘기를 여러 번 들었다. 아이가 어린이집에 다니는 몇 년 동안 낮 시간의 자유로움 속에서 소설 쓰기와 수업을 이어갔는데 12시쯤 하교할 거라고 생각하니 아득해졌다.

글을 쓰며 아이를 키우는 선배들을 만날 때마다 나는 도움을 요청하는 마음으로 몇 월쯤 학교에 적응하게 되는지, 언제부터 소설을 쓸 수 있을지 묻곤 했다. 이상한 질문이라는 걸 알면서도 아이가 어린이집에 다니면 새로운 세상이 열릴 것이라고 알려주었던 그들이 이번에도 별일 아니라고, 금방 지나간다고 말해주기를 간절히 바랐다.

나의 얄팍한 기대감을 비웃기라도 하듯 아이가 여덟 살이 되는 해에 전 세계적으로 코로나 팬데믹이 시작되었고 초등학교 입학은 한 달 두 달 미뤄졌다. 막연하게 한 학기 정도면 아이가 학교에 적응하겠지, 방학까지 잘 보내고 나면 소설 쓸 시간이 생기겠지, 낙관하던 나의 예상은 완전히 무너져버렸다. 인간의 삶이란 얼마나 예측 불가능하고 연약한지 감염병 이전의 불행 같은 건 옷에 튄 얼룩처럼 사소해졌다.

어린이집은 졸업했지만 학교에 입학하지 못한 아이는 하루 종일 집에 있었다. 그 시기가 5월까지 이어졌고 그 이후에도 일주일에 두 번만 등교하고 나머지 3일은 집에서

온라인 수업을 하는 날들이 계속되었다. 그 사이에 나는
라디오 디제이 제안을 거절했고(깊이 생각하면 하고 싶어질
것 같아서 그 자리에서 어렵다고 말씀드렸다.) 당분간 새 소설을
시작하지 못할 것 같다는 예감 속에 우두커니 서 있었다.

아이가 집에 있게 된 상황을 생각하면 다행스럽고 생계를
생각하면 불행하게도, 수업하던 곳 역시 대면 수업을 진행할
수 없어 잠시 휴관하게 되었다. 집합 금지 명령으로 작업하던
카페들은 문을 닫거나 단축 영업을 했고 거리에도 임시 휴무
안내를 붙인 가게들이 늘어났다. 나 역시 개점휴업 상태의
심정으로 시간을 흘려보냈다. 소설의 장면이나 문장들은 가끔
나를 찾아왔다가 오래 머물지 못한 채 떠나갔다.

밤에 자려고 눈을 감으면 감염병 유행 이전의 시간들이
조각조각 떠올랐다. 늦은 나이에 임신, 출산, 육아를 시작하긴
했지만 나는 주변 상황이 좋은 편이었다. 남편이 시간을
자유롭게 쓸 수 있는 프리랜서였고(그래서 생계를 꾸리는 일과
육아 모두 함께했고 요리는 남편이 도맡다시피 했다. 이것이 나에게는
커다란 행운이었다.) 친정엄마가 일주일에 두세 번씩 아이를
봐주러 오셨다. 우리는 3교대 시스템으로 일주일을 꾸려나갔고
배려와 양해와 감사 속에서 배턴을 주고받았다.

그 시간 동안 나는 작업 공간과 시간대를 바꿔가며 수업
준비를 하고 소설을 썼다. 아이를 어린이집에 데려다준 뒤
집 근처나 어린이집 주변 카페에서 소설을 이어 썼고 가끔은

서
유미

분위기를 바꿔보려고 먼 곳의 카페에 가서 창가에 앉아
있기도 했다. 아이를 재운 뒤에 일어나서 새벽까지 쓸 때도
있고, 아이가 잘 때 같이 잠들었다가 이른 아침에 일어나 소설
파일을 열기도 했다. 가끔은 그냥 잠들어버렸는데 그럴 때면
뭐랄까, 몸은 개운한데 정신이 피폐해지는 기분이 들었다.
그렇게 수업을 계속했고 그저 그런 소설이라도 계속 써나갈 수
있었다.

　감염병의 시대에도 3교대 배턴터치는 이어졌고 아이는
에너지가 넘쳤고 하루는 길었다. 나는 육아를 담당한 날마다
아이를 데리고 집 근처 공원에 나갔다. 가방에 물과 간식과
선크림을 챙겼고, 해가 질 때까지 아이를 뛰어놀게 했다. 겁이
많아서 그전까지 킥보드나 자전거에 재미를 느끼지 못하던
아이는 마스크를 쓴 채로 두발자전거를 배우고 킥보드를 타기
시작했다. 처음에는 넘어지거나 다칠까 봐 조마조마해하며
옆에서 같이 뛰었지만 도저히 따라잡을 수 없는 지경이 된
뒤로는 근처 벤치에 앉아 눈으로 아이의 동선을 쫓았다.

　속도감을 즐기게 된 아이는 친구들 없이도 신나게
자전거를 타며 땀을 흘렸다. 일을 못하리라는 것을 알면서도
나는 에코백 안에 책과 작은 노트를 악착같이 챙겨 다녔다.
아이를 위한 물건들 사이에서 책의 모서리는 둥글게 휘어졌고
노트의 표면에는 잔 기스가 잔뜩 생겼다. 암담함 속에서
세상은 풍문과 잡음으로 시끄러웠고 이런 날들이 언제까지

계속될지 나아지긴 할 건지 예측할 수 없었다. 공원의 벤치에
앉아 하늘과 나무들을 바라보고 있으면 시간이 멈춘 것
같았다. 어떤 시기에도 아이는 자란다는 것과 어떤 일도
결국에는 지나가리라는 사실만이 희미한 위안이 되었다.

가끔은 검은 물속을
들여다보기도 하고

한 겹 더 안으로 들어가면 아이가 다섯 살 무렵에 함께 일요일
오후를 보내던 카페의 커다란 원목 테이블이 나온다. 아이가
태어난 뒤 나는 토요일 오전부터 저녁까지 수업을 했고 그동안
아이는 아빠와 함께 지냈다. 우리 세 사람은 일요일을 진하게
보내는 것으로 반쪽짜리 주말의 아쉬움을 달랬다. 그런데
내가 월요일이 마감인 소설 연재를 시작하게 되면서 일정을
다시 수정해야 하는 상황이 되었다. 우리는 함께 시간을
보내면서 일도 할 수 있는 방법에 대해 고민하다가 레고 매장을
생각해냈다.
　　네 살부터 시작된 아이의 레고 사랑은 시간이 지날수록
커져만 갔고, 다섯 살이 되자 「닌자고」 시리즈에 푹 빠지게
되었다. 우리는 「닌자고」 시리즈를 많이 보유한 아웃렛 매장을
찾아냈고 일요일 오후를 같이 보내기 위해 그곳으로 향했다.

서
유미

매장을 둘러보며 아이가 아빠와 함께 만들 브릭을 신중하게 골랐다. 그렇게 선택한 레고 상자를 들고 카페에 가서 음료를 주문한 다음 우리는 두 개의 테이블에 나누어 앉았다. 아이와 남편은 커다란 원목 테이블 위에 펴놓은 설명서를 보며 레고를 조립하고 나는 옆 테이블에서 월요일에 마감할 연재소설을 써나갔다.

노트와 펜, 노트북이 놓인 나의 테이블과 레고 상자와 브릭들이 흩어져 있던 두 사람의 테이블. 우리는 각자의 테이블 위에 놓인 것들을 열심히 만지작거리다가 시간 차를 두고 서로의 테이블을 바라보곤 했다. 남편이 브릭을 건네며 위치를 알려주면 아이는 그 자리에 꽂았고, 가끔은 각자의 연령대에 맞는 레고를 골라 완성해나갔다. 그러다 눈이 마주치면 아이는 엄마, 하며 손을 흔들었고 조금씩 형체를 갖춰가는 레고를 가리키며 자랑스러운 표정으로 웃곤 했다. 그런 주말이 여러 번 지나갔다. 그때 만든 레고가 아이의 방 선반 위에 진열되어 있고 연재했던 소설은 책으로 출간되어 책장에 꽂혀 있다.

아이가 그 시간들을 어떻게 기억하는지는 모르겠다. 다른 테이블에 앉아 있던 것이 미안해질 때면 나만 소설을 안 쓰면 모두가 행복해지는 것이 아닌가, 라는 생각에 빠졌다. 잘 쓰지도 못하면서 왜 모두를 외롭게 힘들게 하고 있나 자책하게 되었다. 그러면서도 한편으로는 좀 더 깊이 있는 소설을 쓰고 싶다는 열망에 사로잡혔다. 소설을 쓴다는 건 노트에 열심히 기록하고 키보드를 두드리며 글자 수를 늘리는 일이 아닌데 나는 그저 어떤 이야기를 잘 정리해서 전달하는 수준에 머물러 있었다. 소설적 순간을 만나고 소설적인 장면을 만들고 소설적 깊이를 가지려면 어떤 대상을 가만히 들여다보며 피어오르는 생각을 이렇게 저렇게 만지작거려야 하는데, 예열만 하다 끝나거나 예열 없이 바로 써버리는 것 같다는 자괴감이 들었다. 새벽에 깨어 마음에 들지 않는 문장과 베란다 창문을 번갈아 볼 때면 '그만 쓰는 게 좋지 않을까?'라는 생각이 절망적인 목소리로 찾아왔다.

아이를 낳은 뒤 나는 줄곧 어떤 방향의 생각 쪽으로 끌려가지 않으려고 애썼다. 그것은 대부분 후회와 관련된 것이었고 들여다보면 검게 출렁였다. 시간이 많았다면 소설을 더 잘 쓰지 않았을까, 돌아보는 게 대표적이었는데 그 생각에 끌려가지 않으려고 버텼던 건 그게 진실이 아니라는 걸 내가 더 잘 알았기 때문이다. 결혼하지 않고 아이가 없던 시절에도 나는 게으르고 집중력이 부족했다. 그때 인생은 다른 방식으로 버겁고 복잡했고 나는 얄팍했다. 삶의 이력이 길어질수록 인생의 고통은 다양하고 인간의 삶은 복잡한 방식으로 불행하다는 걸 알게 되었다. 손톱 끝을 물어뜯게 만들던 문제가 해결되어도 인생은 꽃밭으로 변하지 않는다. 그냥 나는 시간이 부족하다는 핑계를 대고 싶은 것이었다.

서
유미

나는 계속 쓸 수밖에 없다

아이를 키우는 것과 소설을 쓰는 일 모두 아무도 내게 강요하지 않았고, 자발적으로 선택한 일이었다. 시대나 사회의 분위기를 살펴보면 육아나 소설 쓰기에 투신하는 건 무모한 일처럼 보였다. 후배들은 감염병과 기후 위기의 시대, 양극화와 혐오의 시대에 아이를 낳는 건 무책임한 일 같아 고민된다고 했다. 독자나 학생들은 영상의 시대에 스토리가 아닌 소설을 쓴다는 것은 너무 비효율적이지 않은지, 이런 시대에 왜 소설을 읽고 써야 하는지에 대해서도 여러 번 질문했다. 외부의 시선으로 봤을 때 두 일은 모두 가성비가 안 좋은 일에 해당했다.

그 속에서 내가 찾은 해답은 시대적 분위기나 세상의 시선으로 봤을 때 이것이 괜찮은 일인지 내가 잘 해내고 있는지의 성과 여부에 대해 물을 것이 아니라, 소설을 쓰지 않으면 나는 행복할 것인가에 대해 물어야 한다는 것이었다. 타인의 행복에 대해서는 모르겠지만 나에 대해서는 할 말이 있었다. 소설을 쓰는 지난한 과정 속에서 이리저리 헤매다가 한 문장이 풀릴 때, 이 문장을 만나려고 그렇게 썼다 지웠구나, 깨닫게 되는 순간, 들인 시간이나 노력과 상관없이, 가성비 같은 말로는 도무지 설명이나 환산이 되지 않는 희열이 머리에서 발끝으로 흘러내렸다.

그럴 때면 나는 어쩔 수 없는 상태가 되었다. 아이와

누워서 장난치며 웃을 때, 아이가 통통한 손으로 내 목을 끌어안으며 '엄마가 참 좋아.'라고 말하는 순간, 이 감정을 모르던 때로 돌아갈 수 없게 되었다. 그 사랑은 해일과도 같아서 모든 것을 쓸어가버렸다. 나는 속수무책인 상태로 거기에 잠겨버리는 것이다. 물이 빠져나가면 자잘한 번민과 자괴감은 다시 쌓이지만 이 두 가지 일을 계속해나가고 싶은 마음을 거둘 수는 없겠구나, 굴복하게 되었다. 그러니 나는 별로인 상태로도 계속 쓸 수밖에 없는 것이다. 물론 그 두 일이 서로를 배려한다고 할 수는 없다. 그런 면에서 소설보다는 성장해가는 아이가 이해해주기를 바라는 편이 더 낫다.

이것을 성장이라고 부를 수 있다면

나는 아이가 어릴 때부터 글을 쓰는 것이 엄마의 일이라고 말해주었다. 현관문을 나설 때 '엄마 일하고 올게, 글 쓰고 올게.'라고 인사하며 손을 흔들었다. 아이와 같이 놀다가 갑자기 무언가 떠올라 휴대폰의 메모장에 문장을 입력할 때도 있었다. 놀이의 흐름을 끊지 않으려고 대부분 흘려보냈지만 나중에 기억나지 않는 게 속상해서 몇 년 전부터는 '잠깐만 기다려!'를 외쳤다. 아이가 '왜 그러는데?'라고 물으면, '이거 한

서
유미

문장만 쓸게.'라고 양해를 구했다.

　　책의 존재와 의미, 글을 쓴다는 행위에 대해 어렴풋이
알게 된 뒤 아이는 '오늘은 많이 썼어? 이번에는 뭐 쓰는
거야?' 묻기도 했다. 가끔은 '엄마 잘 써? 사람들이 엄마 책
좋아해?'라고 물어서 말문을 막기도 했다. 그럴 때 나는 아직
잘 쓰는 건 아니지만 더 노력하면 좋은 소설을 쓸 수 있을 것
같다고, '그래서 엄마는 시간이 필요해.'라고 했다. 그럼 아이는
진지한 얼굴로 '열심히 해야겠네.'라고 말해주었다. 다행히
아이는 왜 그런 일을 하느라 엄마는 나와 많이 놀아주지도
않고 자주 피곤해하고 정신이 딴 데 가 있느냐고 묻지 않았다.
회사에 출근하는 엄마들이 있고 집에서 일하는 엄마들도
있고 일이 생길 때마다 하는 엄마들도 있다는 것, 일의 종류가
다양하다는 것도 자연스럽게 받아들이게 되었다.

　　아이는 열 살이 되었고 나에게는 소설책 열 권과 에세이 한
권이 쌓였다. 그 중 일곱 권은 아이의 임신과 출산 이후에 썼다.
아이를 낳았으니 더 많이 써야 한다고 다짐했다기보다 상황이
주어지는 대로 쓰려고 애썼다. 완성도 면에서는 아쉬움이
남지만 아이가 자라는 동안 밤에 일어나 모유와 분유를
먹이고, 이유식을 만들어서 냉동실에 얼려두고, 아이를
재우려고 유아차에 태운 채 동네를 돌아다니고, 기저귀를
갈고 어린이용 반찬을 만드는 중에도 쓰는 일을 놓지 않으려고
노력했다.

책장에 꽂혀 있는 책들을 보고 있으면 내가 그 소설들을 지나왔다는 것이 실감나지 않는다. 정신없이 걷다가 문을 연 뒤 다른 세계로 갔고 등 뒤에서 닫히는 문을 보며 한 시절이 떠나갔음을 깨달았다. 그러면서 아이만 자라는 것이 아니라 내 안에도 어떤 겹이 생겨나는 걸 느꼈다. 이것을 성장이라고 부를 수 있다면, 인간의 성장은 날개를 펴는 것처럼 자유로워지거나 꽃이 피듯 눈부신 방식으로 일어나는 것이 아니라 그저 어떤 일을 통과하면서 자신도 모르게 다른 곳에 도달하게 되는 일인 것 같다. 자고 일어나면 알지 못하는 사이에 키가 자라는 것처럼 어떤 길을 지나 목적지에 도달하는 것이 아니라 계속 걸어가는 과정 속에서 성장이 일어나는 것이다.

아이의 학교 수업과 방과 후 활동이 정상화되면서 오후에도 쓸 수 있는 시간이 좀 더 생겨났다. '이제 데리러 오지 않아도 돼.'라고 아이가 말하게 될 날이 머지않았다. 그러면 하교 시간에 교문 앞에서 만나 손을 잡고 간식을 사러 가는 일은 용돈을 주는 일로 바뀌게 될 것이다. 그날을 고대하면서도 마트료시카의 겹이 하나 더 생기는 것은 어쩐지 아쉬웠다. 물론 이것이 돌봄의 끝도 아니고 아이와 같이 사는 동안 돌봄의 형태와 고민의 내용은 모습을 바꾸며 계속 이어지리라는 것을 안다. 그동안 나는 기꺼이 한 손으로 아이의 손을 잡고 다른 손으로 소설을 쓰며 시간 속을 걸어갈 것이다.

서
유미

서유미

2007년부터 소설을 쓰기 시작했다.

이 세상에서 나 하나 건사하며 사는 것도 힘들다고 생각했는데, 결혼도 하고 늦은 나이에 아이도 낳았다. 가끔 아이를 보고 있으면 내가 이 세계와 인간에 대해 어떤 이야기, 문장을 보탠다는 것이 의미가 있나 싶은 생각이 든다. 아름다운 것, 완전한 것, 의미가 깊은 것들은 이미 어떤 상태로 완성되어 있는 것 같다. 나는 다만 그 부스러기, 그림자에 대해 적어보려 이렇게 저렇게 애쓸 뿐이다.

장편소설 『판타스틱 개미지옥』, 『쿨하게 한걸음』, 『당신의 몬스터』, 『끝의 시작』, 『틈』, 『홀딩, 턴』, 『우리가 잃어버린 것』과 에세이 『한 몸의 시간』을 썼고, 소설집 『당분간 인간』, 『모두가 헤어지는 하루』, 『이 밤은 괜찮아, 내일은 모르겠지만』을 펴냈다.

삶이 이어지는 한 오래 계속 쓰고 싶다.

아이를 버리고
도망쳤던 기억

홍
한별

번역가

집에서 일하는 사람

재택근무를 하는 프리랜서는 일을 하는 것처럼 보이지 않는
모양이다. 아무 때나 전화를 걸어 몇 시간이고 자기 이야기를
늘어놓는 친구도, 급한 일을 대신 좀 해달라고 떠넘기는
가족도, 내가 한창 바쁠 때 감기에 걸려 어린이집에 안 가게
됐다고 좋아하는 아이도, 내가 애를 보고 집안일을 하는
틈틈이 조금이라도 짬을 내서 '일'이라는 걸 해야 한다는
사정은 알아주지 않는다. 아이들에게 "엄마 일해야 해."라고
말해야 했던 때가 얼마나 많았던지. 왜 그럴 때마다 미안한
감정이 들었던지. 엄마가 컴퓨터 하는 건 노는 게 아니야.
'번역'하는 거야. 그게 뭔데? 여기 영어로 된 책 있지? 이걸
엄마가 우리말로 바꿔서 컴퓨터에 치는 거야. 그렇게 해서

나중에 우리말로 된 책을 만들어.

이해하는 것 같지 않았다.

어느 날 아이들을 데리고 도서관에 갔다. 어린이책 코너에 마침 내가 번역한 책이 있길래 반가웠다. 큰애가 띄엄띄엄 한글을 읽을 수 있었으므로 표지에 적힌 내 이름을 보여주었다. 이거 봐, 여기 '홍한별 옮김'이라고 써 있지? 엄마가 번역한 책이야. 큰애의 눈이 동그래졌다. 이제 드디어 엄마도 '일'을 한다는 걸 이해시킨 것 같았다. 뿌듯했다.

집에 돌아온 다음, 큰애가 문득 생각난 듯이 물었다. 엄마, 그런데 아까 그 도서관에 있던 책 말이야. 엄마가 번역한 책? 응. 그 책, 엄마가 도서관에 무슨 차로 옮겼어?

승용차로 옮겼을 리는 없으니, 엄마가 최소 1톤 트럭은 몰 수 있다고 생각할 것 같았다. 환상을 깨기 싫어서 그냥 아무 말도 안 했다. 그래, 집에서 일하는 사람이 어디 있어. 소방관, 간호사, 엔지니어, 판사, 우주비행사, 트럭 운전사, 다 밖에서 일하지.

어린것

내가 아이를 낳기 전에 가졌던 '모성'의 이미지 중 하나는 나희덕의 「어린것」이라는 시다.

어디서 나왔을까 깊은 산길

갓 태어난 듯한 다람쥐새끼

물끄러미 나를 바라보고 있다

그 맑은 눈빛 앞에서

나는 아무것도 고집할 수가 없다

세상의 모든 어린것들은

내 앞에 눈부신 꼬리를 쳐들고

나를 어미라 부른다

괜히 가슴이 저릿저릿한 게

핑그르르 굳었던 젖이 돈다

젖이 차올라 겨드랑이까지 찡해오면

지금쯤 내 어린것은

얼마나 젖이 그리울까

울면서 젖을 짜버리던 생각이 문득 난다

도망갈 생각조차 하지 않는

난만한 그 눈동자,

너를 떠나서는 아무 데도 갈 수 없다고

갈 수도 없다고

나는 오르던 산길을 내려오고 만다

하, 물웅덩이에는 무사한 송사리 떼*

* 나희덕, 「어린것」, 『그 말이 잎을 물들였다』, 창비, 1994.

세상 모든 것들이 나를 어미라고 부르고 다람쥐 새끼만 보아도
젖이 도는, 어린것에 대한 주체할 수 없는 본능적 애정이
모성이라고 생각했다. 그런데 직접 경험해본 젖이 도는 느낌은
상상처럼 따스하고 애정으로 벅찬 느낌은 아니었다.

　　아기가 울음을 터뜨리거나 젖을 빨면 엄마의 몸에서 젖이
돌게 하는 호르몬이 분비되는데 그러면 순간적으로 머리가
띵하다. 그 띵한 느낌이 혈당이 떨어져서 정신이 아득해지는
순간의 느낌하고 아주 비슷하다. 그러니까 모체의 굶주림을
나타내는 신호와 똑같은 것이다. 에너지가 바닥에 떨어진 듯한
상태에서 젖을 물리게 된다. 아기는 엄청난 힘으로 젖을 빨아
배를 채운다. 사적인 자리에서 그 순간의 경험을 '끔찍하다',
'그 느낌이 너무 싫었다'라고 말하는 엄마들을 봤다. 공적인
매체에서는 한 번도 본 일이 없다.

　　아이를 낳을 것이냐 말 것이냐, 그 점에 대해 고민해본
적은 한 번도 없었다. 당연히 아이는 둘(아들 하나 딸 하나)이라고
생각했다.(모든 게 내가 예상한 대로 되지는 않았다.) 그것은 내가
어른이 되어 일을 하는 여자가 될 거라는 것과 마찬가지로
단 한 번도 의심해보지 않은 일이었다. 말할 것도 없이 정상
가정의 이데올로기를 교육받았고 그렇게 사회화되었기 때문에
그랬겠지만, 본능적이고(육아가 여자의 본능이라는 뜻이 아니고,
그냥 남자건 여자건 어떤 사람은 그런 성향을 타고 난다고 생각한다.)
무조건적인 욕구 때문이기도 했을 것이다. 어린것을 볼 때

느끼는 갈망, "그 맑은 눈빛 앞에서 나는 아무것도 고집할
수 없었다." 나는 아기를 숭배할 테고 아기는 나에게 무한한
행복을 안겨줄 것이라 믿었다.

아기에게 젖을 물리는 일이 나를 소진하고 메마르게 하는
느낌이리란 것은 예상하지 못했다. 고결한 것이라고 생각했던
모성이 때로 사납고 난폭하게 폭발해서 나를 당황하게
하리라는 것도 예상하지 못했다. 아이가 조금 커서 어린이집에
갔을 무렵에는, 나에게도 폭력성이 있다는 걸, 심지어 그
폭력성이 아주 어린 아이를 향할 수 있다는 걸 알고 충격을
받았다. 나는 내 아이를 울린 아이를 울리고 싶었다. 먹을 것이
없었다면 다른 아이 입에 들어갈 것을 빼앗아서 내 아이 입에
넣었을 것이다. 내 자식의 울음 앞에서는 이성적이고 완만한
척하던 평소의 껍데기가 확 벗겨졌다.

애초에 경계를 짓는다는 것이 쉽지 않은 일이었다.
내가 먹은 것이 탯줄을 통해, 모유를 통해 아기의 몸으로
들어갔다.(심지어 임신 중에 내가 생각하는 것이 태아에게 영향을
미친다고 하는 사람도 있었지만 그건 내가 받아들일 수 없는 영역이었다.)
아이가 감기에 걸려 열이 나고 아프면 나도 아팠다. 누군가가
내 아이들을 다치게 하면 이성을 놓고 사나운 짐승처럼
으르렁거릴 것 같았다.

아이와 나 사이의 거리를 벌린 뒤, 아이를 떼어놓고 일을
다시 시작해야 했다. 첫 번째 단계는 젖을 끊는 것이었다.

홍
한별

아이가 내가 없어도 영양을 공급받고 생존할 수 있게 하는
것. 나의 친정엄마는 젖을 끊으려면 아이를 딱 사흘 밤 울려야
한다고 했다. 마치 마법처럼, 동화 속에서 무수히 반복되는
세 번의 시련처럼, 사흘의 고통을 견디고 나흘째 밤이 되면
아기가 더는 젖을 찾지 않는다고 했다. 엄마가 젖을 떼도록
도와주겠다고 해서 아기를 친정에 맡겼고 나흘째 되는 날
데려왔다. 아기는 이제 밤에 나를 찾지 않았다. 아기의 삶에서
가장 서글펐을 사흘 동안 내가 곁에 없었다는 것에 대해
아기는 어떤 배신감을 느꼈을까. 아기가 나를 찾지 않는 것에
대해 나는 어떤 배신감을 느꼈을까.

     젖을 뗐으니 이제 일에 복귀할 수 있었다. 나는
결혼하고부터 죽 출판번역을 했는데, 출판번역은 책 단위로
계약을 하니까 아기를 낳으면서 잠시 일을 쉬기도 쉬웠고 일을
다시 시작하는 것도 어렵지 않았다. 그렇지만 집에서 일하면서
일과 육아의 경계를 짓기는 쉽지 않았다. 이제 젖을 찾지는
않지만 계속 놀아달라고 나를 찾는 아이와 같은 공간에서
일을 하기는 불가능했다. 마침 양철북 출판사에서 빈방 하나를
쓸 수 있게 내주어서, 베이비시터를 집으로 부르고 출판사
사무실로 출근하는 나날이 시작됐다. 아이는 아침마다 울었다.
어쩌다 안 우는 날도 있었지만, 우는 날이 많았다. 이때는
사흘만 울고 나면 마법처럼 더는 울지 않게 되는 일이 일어나지
않았다. 아이를 울리고 싶지 않아서, 베이비시터가 올 시간에

맞춰 아이를 데리고 놀이터로 갔다. 베이비시터가 놀이터에서
아이의 주의를 끄는 동안 나는 몰래 도망쳤다. 아이를 울리지
않으려고 속였다. 아이가 울면 다 때려치우고 싶은 생각이
들었기 때문에, 그렇게까지 하면서 일을 하는 게 맞는지 확신할
수 없었기 때문에("너를 떠나서는 아무 데도 갈 수 없다고/갈 수도
없다고"), 나는 몰래 도망쳤다.

부모에게 잔인한 양육 지침들

양철북 출판사의 주력 분야 가운데 하나가 '육아'였고 마침
나도 육아를 하고 있었기 때문에 그때 이런저런 외국 육아서를
많이 검토하게 됐다. 미국식 육아는 개인주의, 독립성,
개성을 중시하는 경향이 있고, 그때 미국식 육아의 트렌드 중
하나는 '무조건적 사랑으로 아이의 요구와 감정을 전적으로
인정하라.'는 것임을 알게 되었다. 아이의 감정을 억누르거나
달래려 하지 말고 분출시켜 해소할 수 있도록 해야 한다고
했다.(아이를 울리지 않으려고 속이는 건 괜찮을까?) 눈에 안약을
넣기 싫어하는 아이의 이야기가 사례로 나왔다.

두 살짜리 남자아이가 눈병에 걸려서 안약을 넣어야 했다.
엄마가 어떤 약인지 설명해 주고 눈에 넣자고 하자 아이는

홍
한별

울음을 터뜨렸다. 엄마는 강제로 울음을 그치게 만들지 않고 울음을 들어주면 어떻게 되는지 보려고 안약 병을 아이가 볼 수 있도록 든 채로 아이 옆에 앉아서 아이가 우는 소리를 듣고 있었다. 45분이 지나자 울음이 잦아들었다. 그래서 아이에게 병을 열고 스포이트를 보여줘도 되겠냐고 물었다. 그러자 아이가 10분 더 울었다. 다시 묻자 아이가 그러라고 했다. 그래서 엄마는 병을 열고 눈약이 어떻게 나오는지 보여주고 원한다면 한 방울 떨어뜨려 보라고 했다. 아이는 약병을 만져보더니 다시 울음을 터뜨렸다. 잠시 뒤, 아이는 몸을 일으키고 조심스레 스포이트를 눌러 안약을 짜보기 시작했다. 엄마는 아이가 연습하도록 한동안 내버려둔 다음에 이 약을 눈에 넣어야 한다는 사실을 다시 상기시켰다. 아이는 다시 울기 시작했지만 곧 그쳤다. 그러고 나서 아이는 자기가 해도 되냐고 물었다. 엄마가 한번 해보라고 했다. 아이가 드러눕자 엄마가 약을 스포이트에 넣었고 아이가 눈을 깜박이지 않으며 두 방울을 자기 눈 안에 짜 넣었다. 딱 한 방울 콧잔등에 흘렸을 뿐이었다. 그 뒤에 아이는 자기 눈에 안약을 넣는 것을 아무렇지도 않게 받아들였고 가끔은 자기 스스로 넣기도 했다.[*]

  *   Patty Wipfler, *Parenting by Connection*, Hand in Hand
      Parenting, 2015 참고.

아이 눈에 안약 두 방울 넣는 데 한 시간 넘게 걸렸다는 이야기가 성공 사례로 제시된 걸 읽고 육아서는 이토록 부모에게 잔인할 수 있구나 생각했다.

육아서의 또 다른 트렌드로 원시사회(혹은 중국 등 동양 사회)의 육아법을 배우자는 것도 있었다. 상호의존, 책임감, 위계 등을 중시하는 전통을 받아들여 아이를 권위 있게 이끌어가는 방식이다. '타이거 마더' 에이미 추아가 우리가 잘 아는 극단적 예이다. 이 방식을 정당화시키는 근거는 '성공'이다. 아이들을 혹독하게 가르치고 엄격하게 이끌었더니 아이가 아이비리그에 들어갔다, 어린 나이에 카네기홀에 데뷔했다, 이런 것들.

아이의 감정과 자존감과 독립심을 조금도 다치지 않게 하는 걸 목표로 삼은 나머지 양육자의 수고와 희생은 염두에 두지 않거나, 자식의 성공을 양육자의 성공으로 여기고 성공을 위해 아이의 욕구와 의지를 꺾고 부모의 생각을 강요하는 걸 정당화하거나, 두 가지 모두 경계를 짓는 데 실패한 방법임은 마찬가지였다.

사실 모든 육아서의 기본 전제가 '양육자가 이렇게 하면 아이는 이렇게 자란다.'라는 식이니 경계를 짓기가 쉽지 않다. 산모가 하는 생각이, 수유모가 먹는 음식이, 양육자가 하는 행동이 아이에게 영향을 미치고 아이를 형성한다. 육아서뿐 아니라 사방에서 이런 메시지가 들린다.

홍
한별

아이가 어떻게 자라느냐를 전부 양육자의 책임으로 돌리는 메시지들이다. 광고에서, 대중문화에서, 윗세대 어른들에게서, 또래 아이를 키우는 다른 양육자들에게서 이런 메시지를 반복해서 들을수록, '양육자가 어떻게 하면 아이가 어떻게 된다.'는 명제들이 쌓일수록, 내가 잘못하는 일, 내가 마땅히 해야 하는데 하지 않는 일들의 수는 늘어갔다. 내가 일하는 엄마이기 때문에 하지 못하는 일들—아이가 감정을 다 쏟아놓을 수 있도록 한 시간이고 두 시간이고 울음을 들어주는 것도 할 수 없었고 아이가 '성공'할 수 있도록 가르치고 다그치는 것도 할 수 없었다.—이 너무 많았다. 육아 산업 전체가 양육자의 죄책감을 먹으며 자란다는 것을 이성적으로는 알면서도, '내가 너무 무심한 건가? 내가 너무 이기적인 건가?' 하는 생각이 들기 시작하면 불안해지고 죄책감도 느꼈다.

그때 주디스 리치 해리스의 『양육가설』을 읽은 게 나에게는 참 다행스러운 일이었다. 이 책을 간단하게 말하자면 지금까지 육아 이론은 과학적 근거가 없으니 모두 폐기처분해야 한다는 이야기다. 저자 주디스 리치 해리스는 원래 발달심리학 교재를 집필하던 사람이었다. 애가 몇 살이 되면 양육자는 어떻게 해야 한다는 내용의 책을 쓰다가 이런 이론들을 뒷받침하는 연구와 실험 대부분에 심각한 오류가 있다는 사실을 알게 되었다고 한다. '아이를 어떻게 키워야 아이가 잘 자란다.' 하는 말은 모두 입증할 수 없는 '가설'에 불과했던 것이다. 그래서 주디스 리치 해리스가 교재 집필을 때려치우고 1998년에 쓴 책이 바로『양육가설』이다. 이 책의 주장을 간단히 요약하자면 이렇다.*

1 부모는 아이의 성격을 결정하는 데 거의 영향을 미치지 않는다. 아이는 부모를 닮지만 그것은 부모의 영향 때문이 아니라 유전적 형질을 물려받았기 때문에, 혹은 같은 문화에 속하기 때문이다.

2 아이들은 집 밖의 경험, 또래들과 함께하는 환경 속에서 사회화되고 성격이 형성된다.

3 사람의 행동과 감정은 사회적 상황에 따라 달라진다.

이 책은 무책임하고 무관심한 부모들에게 면죄부를 준다는 비난을 많이 받았다. 그렇지만 엄청난 죄책감을 떠안기는 육아 이론과 육아 산업에 맞서 버티고 싶은 양육자에게는 큰 의지가 된다. 이 책을 끝으로 나는 다시는 육아서를 읽지 않기로 결심했고 마음이 후련해졌다.

　　이제 어딘가에 선을 그을 수 있었다. 아이의 성취는 내가

*　　주디스 리치 해리스,『양육가설: 부모가 자녀의 성장에 미치는 영향에 대한 탐구』, 최수근 옮김, 이김, 2022.

축하할 일이고, 아이의 실패는 내가 위로할 일일 뿐이다.

아이의 성취와 실패를 나의 책임으로 내가 통제해야 할 일로 생각했을 때 가장 큰 문제는 이런 것이다. 아이가 실패했을 때, 상처를 받았을 때, 아이를 품어주고 아이를 지켜주고 아이를 달래줄 수 있는 사람이 세상에 없게 된다. 아이와 나 사이를 분리해야만 나는 아이가 의지할 수 있는 타인이 될 수 있다.

경계를 만드는 일

경계를 만들어가는 것은 아이를 저버리는 일이지만 세상에 연민을 갖게 되는 일이기도 했다. 이제는 우연히 길에서 동네 어린이집 선생님들이 놀이터에 데리고 나온 아기들이나 책가방 메고 초등학교에 가는 아이들을 마주치면, 예전처럼 무조건 '귀엽다'는 감정이 솟는 게 아니라 '가엾다'는 감정이 먼저 든다. 내가 우는 아기를 베이비시터에게 맡기고 도망친 적이 있으니까. 내가 병원에 입원하게 되어 제대로 된 설명도 없이 아이를 외할머니집으로 보내버린 적이 있으니까. 어린이집에서 아침에 울고불고하는 아이를 두고 사정없이 돌아 나온 적이 있으니까. 그렇게 내가 내 아이를 무수히 버렸으니까. 세상 모든 엄마는 아이를 버릴 수밖에 없으니까. 그래서 아이들은 모두 가엾다. 그리고 그 아이들이 자라서 된

모든 어른, 한때 아이였던 사람도 모두 가엾다. 세상의 모든
여리고 약한 자들, 아이, 노인, 소수자, 장애인, 빈민, 외국인,
난민은 가엾다. 아이를 낳아 키우는 것은 그런 과정이었다.
내 사랑이 너무 부족해서 단 한 아이의 아픔조차도 보듬지
못한다는 걸 알게 되는 일. 세상의 모든 '어린것'을 마주하면
어쩔 수 없이 젖이 도는 것을 느끼지만 그게 행복이 아니라
고통임을 아는 것. 부모의 역할은 상처를 주지 않는 것일 수도,
아이의 모든 문제를 해결해주는 것일 수도, 아이를 성공으로
이끄는 것일 수도 없음을 새기는 것. 가족은 그저 서로
연민하고 서로 기댈 수 있는 존재가 되려 하는 것임을.

　　세상 모든 엄마는 제 자식을 버린다. 그래야만 아이는 홀로
서고 한 사람의 독립된 개체로 성장할 수 있기 때문이다. 나는
일을 하기 위해 아이를 버렸다. 그랬기 때문에 나는 지금 일을
하고 있고 내가 나 자신으로 살아갈 수 있다고 느낀다. 아이도
자신의 삶을 자기 책임으로 떠안는 독립적 개체로 성장해가고
있다. 식구들은 다들 힘들게 일하고 공부하고 집에서 서로
위안한다. 생각해보면 부모로서 나 자신의 한계를 인정하고
경계를 짓는 것이 출발점이었던 것 같다.

홍한별

번역가. 한때 번역으로 생활비를 벌면서 학위 과정을 밟는다는 무리한 설계를 하기도 했으나 첫째를 가지면서 학업을 중단했다. 그래도 세 살 터울로 아이 둘을 낳아 키우면서 번역일은 중단하지 않고 계속할 수 있었던 게 정말 다행이라고 생각한다. 아이들은 둘 다 공동육아 어린이집에 보냈다. 공동육아 어린이집을 선택한 가장 큰 이유는 반일반이 없다는 사실이었다. 일을 하려면 아이들을 종일반에 맡겨야 하는데, 엄마들이 와서 반일반 아이들을 데리고 간 다음에 남아 있는 아이를 생각만 해도 눈물이 날 것 같았다. 공동육아 어린이집에 다니는 동안에는 양육자들이 운영을 나눠 맡아야 해서 힘들었지만 그래도 그때 같이 아이를 키운 사람들이 친구로 남은 것만은 분명한 이득이라고 생각한다.

지금은 아이들이 다 커서 하루에 여덟 시간 방해받지 않고 일할 수 있다.(일할 수 있다고 해서 꼭 한다는 말은 아니다.) 그 시간에는 주로 번역을 하고, 가끔 글을 쓰고, 대학원에서 학생들에게 번역을 가르친다.

『밀크맨』, 『클라라와 태양』, 『나는 가해자의 엄마입니다』, 『해방자 신데렐라』, 『달빛 마신 소녀』 등을 우리말로 옮겼다. 쓴 책으로 『우리는 아름답게 어긋나지』(동료 번역가 노지양과 공저), 『아무튼, 사전』이 있다.

임
소연

내 마음대로 할 수 없는
존재들과 살아가기

과학기술학
연구자

여성·과학·몸·기술을
연구하는 엄마

나는 페미니스트 과학기술학자로 스스로를 소개한다.
성평등한 사회를 위한 과학기술, 과학기술 분야에서의
성평등을 위해 연구한다. 여성의 관점으로 보는 과학, 과학의
관점으로 보는 여성이라는 의미에서 '여성과 과학 탐구'라는
부제를 달고 있는『신비롭지 않은 여자들』이라는 책을 최근
출간했다. 또 다른 나의 연구 주제는 인간향상기술과 몸이다.
아프지 않아도 몸에 기술을 개입시켜 몸의 가치나 기능을
개선하고자 하는 기술에 관심이 있다. 그래서 성형외과라는
현장을 연구해『나는 어떻게 성형미인이 되었나』라는 책도
썼다.

나는 현재 일곱 살짜리 딸을 양육 중이다. 일중독
워킹맘이라서 돌이 될 때까지 모유수유를 했다는 사실 외에
딱히 내세울 것이 없다. 아이가 두 살까지는 외할머니가
주중에 늘 함께했고 세 살부터 어린이집과 유치원을 보냈지만
다섯 살 때부터는 시어머니가 필요할 때마다 등하원을
대신해주셨다. 게다가 일곱 살이 된 올해 초부터는 내가
부산에 있는 대학에 전임으로 임용되면서 일주일 중 적어도
나흘은 떨어져 살고 자잘하게 아이를 챙기는 일은 남편의 몫이
되었다. 이제 남편은 육아를 돕지 않고 '하고' 있다! 이제야
아이를 남편과 함께 키운다는 느낌이 든다!

'엄마됨'의 미친 성취감과 미친 억울함을 거쳐

임신과 출산에 대해서는 행복한 기억뿐이다. 물론 경력단절에
대한 공포가 덮치는 순간들도 있었지만 말이다. 지금도 출산
당일의 엄청난 성취감을 생생하게 기억하고 있다. 진통은
고통스러웠지만 다행히 그리 길지 않았고 아이와 합을
맞춘다는 느낌도 좋았다. 하필 가장 졸린 새벽 시간에 낳았지만
낳고 나서 초각성 상태가 되어 너무나 행복하고 만족스러운
기분에 졸음이 싹 달아나서 잠도 안 잤던 기억도 난다.

『이갈리아의 딸들』을 보면 음악을 틀고 축제 분위기에서 아이를 낳는다는데, 내가 낳아보니 이해가 됐다. 충분히 그럴 만하고 그래야만 한다고. 이 생각만 하면 아이를 또 낳고 싶을 정도다.

임신 중 매일매일의 성취감도 컸다. 나는 그저 매일 먹는 세 끼를 먹을 뿐인데 배 속의 아이가 쑥쑥 커갔다. 임신 중에 큰 어려움이 없었던 나에게는 임신 기간이 내 연구를 하면서 동시에 다른 일을 하는, 효율성 두 배의 시간이었다. 성취감, 한 생명을 잉태한다는 것은 나같이 성취감에 미친 여자한테는 최고의 일이었다. 와, 남자들은 이걸 모른단 말이지? 이 존재의 충만함을 모른다는 거지? 내 몸 안에서 다른 한 인간이 만들어지는 이 감각을 전혀 모른다는 거지? 내 안의 이 엄청난 생명력과 역동적인 힘을 상상조차 할 수 없다는 거지?

물론 출산 이후 세상은 뒤집어졌다. 아이가 내 뱃속에서 커갈 때와 밖에 나와서 클 때는 너무도 달랐다. 조리원에서부터 괴롭긴 했지만 진짜는 집에 돌아오면서부터였다. 그나마 친정엄마가 바로 와주시고 주말을 제외하고는 매일 같이 있어줘서 사실상 내가 한 일이라고는 젖 주는 일뿐이었는데 그래도 힘들었다. 우는 아이 어르기와 아픈 아이 돌보기 같은 가장 어려운 일은 엄마가 하기로 온 세상이 약속이나 한 것처럼 할머니가 있고 아빠가 있어도 결국 엄마였다. 화장실 가기, 씻기, 잠자기 등 인간의 품위를 지키기 위해 필요한 기본적인 일조차 제대로 할 수 없었던 시기를 가까스로

임
소연

지나고, 경력단절이 걱정돼서 바로 다음 학기부터 강의를 다시 시작했지만 불은 가슴으로 집 밖에 오래 머물 수는 없었다.

돌이 지나고 바로 단유를 했지만 상황은 그리 나아지지 않았다. 아이를 두고 외출을 하면 갑자기 아이가 열이 난다, 아이가 울음을 그치지 않는다 등등의 이유로 남편은 나를 호출했다. 남편과 나는 양육이라는 어마어마한 노동을 어떻게 분담할 것인지 전혀 준비가 안 된 상태였다. 친정엄마 없이 아이를 어린이집에 보내면서부터 양육을 오롯이 둘이 해야 할 상황이 되면서부터 매일매일이 전쟁이었다. 싸운 후 똑같이 기분이 안 좋은 상황에서 아이 옆을 지키는 사람은 언제나 나였다. 이 한 아이가 탄생하고 커가는 동안 일을 못 하게 되거나 일을 하던 중에 불러들여 오는 사람도 오직 나였다. 이런 거였구나, 엄마가 된다는 것은. 그 와중에 커가는 아이는 말도 못하게 예쁘고 소중했으며 해가 갈수록 아이에 대한 감정은 더 커져갔다. 그렇게 나는 엄마가 되었고 대각성의 시기를 맞게 되었다.

평범한 여자가 되고야 비로소
페미니즘에 눈 뜨다

여자라서 너무 좋은 시기와 여자인 게 너무 억울한 시기를 연달아 겪고 나니 나는 '평범한 여자'가 되어 있었다. 처음에 이것은 패배감으로 다가왔다. 나는 다를 줄 알았는데 나도 다를 게 없다는 깨달음. 과거의 나는 엄마를 혐오하는 여자였다. 나는 100퍼센트 헌신하는 일에 그들은 절반 정도만 발을 담그고 있었고, 신경이 온통 집에 있는 아이에게만 쏠린 것 같았다. 저 정도로 노력해서 성공할 수 있을까 싶은 의문이 들었지만, 어쩌면 나의 경쟁자가 한 명 사라졌으니 다행이다 싶기도 했다. 저럴 줄 모르고 아이를 낳았나 싶어 안타깝지도 않았다.

어쩌면 나는 그냥 여자를 혐오하는 여자였던 것 같다. '다른 여자와 다르다'는 말을 칭찬으로 들었고 평범하지 않은 여자의 삶을 살아야 한다고, 그렇게 살고 싶다고 생각했다. '2년 동안 아이를 키워주겠다'는 엄마의 말에, 또 나에게 주어진 몸의 능력을 경험해보고 싶다는 순간의 욕심에 임신을 했지만, 다른 엄마들과는 다르게 쿨하고 멋지게 살 줄 알았던 것 같다. 그러나 나라고 별 수 있나. 다를 거 하나 없는 엄마가 될 수밖에. 도리가 없었다. 흐르는 젖을 주지 않을 도리가 없었고, 아이가 너무 울어서 어찌해야 할지 모르겠다는 남편의 전화에 파스타 몇 가닥을 입에 넣었다가 포크를 내려놓고 식당을 나올 수밖에 없었다.

똑같이 아이가 생겼는데 남편은 며칠 출산휴가를 받은 것 외에 다니던 직장 잘 나가고, 나는 휴가도 없는 시간강사 일을 그만둬야 했다. 게다가 일곱 살이 된 지금까지도 아이는 아빠의 외출은 환영할지언정 엄마의 외출은 결사적으로 반대한다. 꼼짝할 수 없었다. 이 경험이 나에게는 일생 최대의 충격이었다. 지금까지 내가 노력해서 안됐던 일은 한 번도 없었는데 아이와 관련된 일만큼은 노력이 통하지 않았다. 지금까지 '난 다른 여자와 다르다.'고 생각했던 나의 예외주의가 완전히 박살나는 경험이었다. 뭘 해도 매일 회사로 출근하는 남편을 이길 수가 없었고 지금까지 신경도 안 쓰던 그저 그런 평범한 남자 동료들을 이길 수가 없었다. 그렇게 소싯적 알파걸은 엄마가 되고 페미니스트가 되었다.

나에게 양육의 첫 번째 의미는 그래서 여자로서의 새로운 자각이다. 여자가 되기 위해서 양육을 꼭 경험해야 한다고 말하려는 것은 아니다. 나 잘난 맛에 살았던 나에게 이 사회에서 여자로 산다는 것이 무엇인지 맛보게 해준 가장 강력한 경험이었을 뿐, 이미 이 사회에서 여자로 산다는 것이 무엇인지, 그것이 여자 개개인의 잘남으로 극복할 수 있는 무언가가 아님을 이미 깨달은 자라면 익히 알고 있는 사실이다.

지금까지와는 전혀 다른 차원에서 인간적인 삶 혹은 자긍심을 맛볼 수 있었던 임신과 출산과 달리, 양육은 나에게 삶의 바닥을 맛보게 했다. 혼자였다면 1도 중요하게 여기지 않았을 자질구레한 일들에 내 성공적인 커리어를 위해 쓰기에도 부족한 시간과 노력을 써야 했다. 여성에게 주어진 어떤 성역할이나 규범도 무시하며 나의 일을 최우선으로 삼아 살아왔지만(그래서 나 같은 여자가 페미니스트가 아니라면 대체 누가 페미니스트겠냐는 생각도 했다.) 내 아이라는 이 존재는 절대로 무시할 수도 회피할 수도 없었다.

한 아이를 멀쩡하게 키워내기 위해서는 먹이기, 놀아주기, 옷 챙기고 입히기, 재우기 등 일일이 열거하기에도 모자란 돌봄이 필요했다. 이 엄청난 일을 최소 기원 후 수십 세기 동안 수천 억(?) 명의 여자들이 해왔다고? 그런데도 이렇게 눈앞에 닥치기 전까지는 내가 그걸 몰랐다고? 게다가 그나마 알고 있던 것조차 허접한 일들로 무시하며 살았다고? 기가 찼다. 패배자로 보였던 엄마들의 삶이 다시 보였다. 경쟁자였던 여자들도 다 다시 보였다.

『잠깐 애덤 스미스 씨, 저녁은 누가 차려줬어요?』라는 책 제목처럼 남자 학자나 지식인을 보면 존경심보다는 '밥은 누가 차려줬는지, 아이는 누가 키워줬는지' 등이 궁금해지며 코웃음이 나왔다. 플라톤부터 시작하는 서양 철학의 계보도 다 우스워졌다. 한 인간을 잉태해서 키워내는 수많은 여자 선인들의 말씀이 포함되지 않는 철학은 아무리 고상해도, 아니 고상할수록 더더욱 '다 무효다!'라고 외치고 싶은 심정이다. 호메로스의 전쟁 이야기 따위, 양육 이야기 없이 인간의 본질에 대한 깊이 있는 통찰과 이해가 가능하다고? 말도 안 된다.

임
소연

'엄마됨'에서 시작된 '여자됨'이
나의 연구를 바꾸다

여자로서의 자각이란 단지 '여자의 일'이라고 일컬어지는
돌봄과 양육이 중요하다는 깨달음이 아니다. 남자보다 여자가
양육 때문에 얻는 불이익이 많다는 억울함을 토로하려는 것도
아니다. 내가 양육의 경험을 통해 얻은 '여자됨'의 감각에서는
사랑과 연대가 훨씬 더 중요한 요소이다. 돌이켜보면 과거
내가 여자임을 느꼈던 것은 남자에게서 사랑을 받을 때였다.
더 정확하게는 이 사회에서 여자가 그나마 한 인간으로서
사랑받는 존재라고 느낄 수 있는 순간이 남자에게서 사랑받는
여자가 되는 순간인 것이다.

　　꼭 이성관계나 성관계를 전제로 한 관계가 아니라고 해도
대부분의 권력자가 남자라는 점을 감안하면 이것은 아주
위험하다. 남자에게 사랑받기 위해서는 노동이 필요하다. 꾸밈
노동이나 감정 노동 등이 여기에 해당할 것이다. 반면 아이에게
받는 사랑은 완전히 다른 종류의 노동이 수반된다. 타인이
대소변을 누는 장면을 기꺼이 지켜보고 도와야 하며, 먹이고
씻기고 재우며, 24시간 대기하며 이유를 명확히 알 수 없는
행동에 대응해야 하는 극한 노동이지만 절대로 굴욕적이지
않다.

　　아이가 나에게 주는 사랑과 내가 아이에게 갖는 힘은

속세의 어떤 사랑이나 권력과도 비교 불가능한, 깊은 충만감과
효능감을 준다. 그래서 여자들이 결국 아이를 택하게 되는 것이
아닌가 싶기도 하다. 나의 경우, 일차적으로 그렇게 남자에게
사랑받는 여자가 되어야 한다는 심리적 욕구가 사라졌다.
그러면서 동시에 여자와의 관계에 마음이 열렸다. 내가 아무리
기를 써도 사회 전체가 여자를 누르는 힘을 당해낼 수는
없다는 경험 때문이었다. 내가 특별한 여자가 아닌 이상, 더
많은 여자들이 잘 사는 세상일수록 나 또한 잘 살 수 있게
된다고 믿게 되었다. 주변의 여자들에게 좋은 일이 생기면
진심으로 축하해줄 수 있게 되었다. 예전의 나라면 어려웠을
일이다.

'여자됨'에 대한 생각의 전환은 내 연구에도 영향을 줬다.
여성의 이야기가 보편의 이야기가 되어야 한다고 생각하게
되었다. 전쟁이 많은 동서양 고전에 주요 소재로 등장하는
이유가 그것이 남자로서 반드시 해야 하는 훌륭한
과업이라서가 아닌 것처럼(물론 그렇게 묘사되기는 하지만
타인을 죽이는 일이 그 자체로 훌륭한 일일 수는 없다.) 양육이 모든
여자들이 반드시 해야 하는 훌륭한 일이 아니더라도 그것은
보편적인 이야기의 소재가 될 수 있다. 인류의 역사상 수많은
여자들이 이 일을 해왔다는 사실 하나만으로도 양육은
시공간을 초월하여 끊임없이 이야기되어야 한다. 한 인간의

임
소연

탄생과 성장, 이것이 보편이 아니라면 무엇이 보편인가? 여성의 이야기가 여성 위인의 이야기로만, 예외적인 여성의 이야기로만 남겨져서는 안 된다.

　나의 연구 주제인 성형수술도 마찬가지이다. 처음에는 성형수술을 페미니스트의 관점으로 분석하려고 애썼다. 왜 페미니즘이 성형수술을 비판만 해야 하는지 불만이었고, 성형수술을 함으로써 자연적인 몸의 경계를 해체하는 것만으로도 페미니스트적인 실천이라고 생각했다. 그러나 지금은 다르다. 예뻐지기 위한 여성의 성형수술이 페미니즘 실천일 수는 없다. 그러나 그렇다고 해서 성형수술 이야기가 쓰여지면 안 되는가? 성형수술 이야기가 반드시 이를 비판하는 식으로 쓰여질 필요는 없다. 지금껏 수많은 한국 여성이 성형수술을 해왔지만, 이 현상을 바라보는 시각은 정형화돼 있다. 한국이 세계 1위 성형대국이라는 언론 보도, 한국의 지독한 가부장제와 외모지상주의에 대한 비판, 서구 언론의 인종주의적 해석 외에 다른 이야기들이 많지 않다.

　내가 가장 불만인 것은, 포스트휴머니즘의 바람을 타고 트랜스휴먼이나 사이보그, 인간향상기술에 대한 철학적 논의가 많아진 것에 비해서 그 실제 현실에 대한 이야기는 찾아보기 어렵다는 사실이다. '어떻게 성형미인이 되는지'도 모르면서 '어떻게 포스트휴먼이 되는지'를 논하는 모습이라니. 미국 문화비평가 비비언 솝책(Vivian Sobchack)은

의족 사용자인 자신의 경험을 통해서 사이보그가 얼마나
비현실적이고 현학적인 비유인지 비판한 바 있는데 여기에
크게 동의한다. 성형수술을 받은 후부터 시작되는 끝없는 돌봄
노동과, 기술의 개입 후에도 예측과 통제가 어려운 '몸'이라는
실체적 존재에 대한 이해 없이, 인간향상기술의 윤리를 논하는
이들은 이 기술의 구경꾼들일 뿐이다.

우리 모두 사이보그라는 도나 해러웨이(Donna Haraway)의
말에 격하게 고개를 끄덕이는 이들이라면 사이보그의
철학적·윤리적 의미를 논하기 전에 사이보그의 몸과 삶을
이해해야 하지 않을까. 그래서 나는 성형수술의 이야기가 한국
여성의 이야기가 아니라 몸의 이야기이자 기술의 이야기여야
한다고 생각한다. 성형수술 이야기는 특정한 인종과
성별의 이야기이기 이전에 보편의 이야기로 쓰여져야 한다.
지금까지 특정 인종과 특정 성별의 이야기가 보편의 이야기로
읽혀왔듯이 말이다.

양육이든 연구든
타협만이 살길이다

내가 양육을 통해 얻은 또 다른 중요한 삶의 태도는 '타협, 오직
타협만이 살길이다!'라는 말로 요약할 수 있다. 내가 아이를

낳기 전 포닥 생활을 했던 영국 런던정경대학 사회학과의 교수 캐리스 톰프슨(Charis Thompson)은 내가 존경하는 우리 분야 여성 선배이다. 아이가 셋이나 있으면서 영국과 미국 등을 오가며 활발하게 활동하는 캐리스에게 어느 날 존경을 표하며 비결을 물었다. 그랬더니 "나는 타협(compromise)을 잘 했을 뿐이야."라는 답이 돌아왔다. 의외의 답이어서 그 후로도 쭉 기억하고 있었는데 아이를 낳고 키우면서 절실하게 깨달았다. 정말 우리의 살 길은 타협임을!

독박육아를 면하기 위해서는 타협만이 살길이었다. 내가 중요하다고 생각하는 가치들을 일부 내려놓아야만 가능했다. 부모에게서 독립하고 싶어서 결혼을 택했으나 그들에게 의존해야만 내가 일을 하러 나갈 수 있었다. 남편의 육아 참여를 '도움'이란 말로 표현하는 건 옳지 않지만 그 도움이라도 받아야 했다. 부모에게 아이를 맡긴 이상 그들의 양육 방식에 왈가왈부할 생각을 접었다. 남편과 함께하는 결혼이라는 제도는 문제투성이였으나 일단 유지하며 이 틀 안에서 가사를 분담하는 방법을 찾아갔다. 고고하게 무언가를 지키려고 할수록 힘들어지는 것은 나였다. 가장 나중에 타협해야 마땅할 수면 시간과 나를 위한 시간은 실제로는 제일 먼저 타협의 대상이 되었다.

사람들은 아이가 커가면서 유튜브 시청 시간을 관리하고 학교 보낼 준비도 해야 한다고 했지만 나는 그렇게 엄격하고 꼼꼼한 엄마가 아니다. 무엇보다 일주일의 대부분을 아이와 떨어져서 부산에서 지내야 하는 삶을 열심히 사수 중이다. 이러다가 아이가 나와 멀어지는 것은 아닐까, 아이의 학교생활이 엉망이 되지는 않을까 문득문득 밀려드는 두려움과 싸우면서 말이다. 하고 싶은 일을 계속 하기 위해서는 놓을 수밖에 없는 것을 놓아야 한다. 물론 그러면서도 이 타협하는 삶 자체에 완전히 매몰되지 않기 위해 노력한다. 주변의 엄마들과 함께 이야기를 나누거나 이렇게 글을 쓰면서 말이다.

타협은 완전한 포기와 다르다. 포기가 아니라 타협이라고 표현하는 것 자체가, 내가 나에게 중요한 것을 여전히 의식하고 있음을 뜻한다. 스스로 모든 것에 대한 통제권을 쥐려는 망상에서 벗어나는 것. 그럼으로써 완전히 포기하지 않을 수 있는 것. 그래서 나는 타협이라는 단어가 참 좋다.

나의 책 『신비롭지 않은 여자들』은 그야말로 이 타협의 결과물이자 타협을 전파하려는 전도서이다. 일차적으로 이 책은 내가 과학과 타협한 결과물이다. 이 책은 신경과학, 유전학, 물리학, 인공지능과 로봇, 공학 등 다양한 과학기술 주제를 다루는데 처음에는 내가 이렇게 많은 주제를 감히 개괄해도 되는지 자신이 없었다. 각 주제를 전공하는 과학자들만큼 잘 알아야 쓸 수 있다고 생각했다. 하지만 어렵게 시작한 신문 연재를 통해 나는 완벽주의를 버려도

임
소연

하늘이 무너지지 않음을 알게 됐다. 완벽주의와의 타협,
나에게 필요한 것이 바로 이것이었다. 그렇게 매 주제를 할
수 있는 한 성실하게 다루는 것만으로도 충분하다는 사실을
깨달았다. 책을 출간한 뒤에는 이 책이 살면서 처음 접한
과학책이었다거나 과학이 페미니즘과 만날 수도 있음을
새롭게 깨달았다는 독자들의 의견을 접하며 나의 타협이
틀리지 않았음을 확인하고 있다.

현실과 물질에 뿌리 내린
보편의 이야기

이제 나는 다른 여자들이 조언을 구할 때마다 이렇게 말한다.
오염을 두려워하지 말자고. 타협해도 괜찮다고. 페미니스트는
되는 것이 아니라 '하는' 것이고(사실 나는 페미니스트가 나라는
존재의 수식어가 아니라 내가 하는 행위의 수식어가 되어야 한다고
생각한다.), 페미니스트 과학기술을 하기 위해 과학기술의 모든
성차별적인 기원과 관행, 제도에 저항해야 하는 것은 아니라고.
오히려 완벽주의를 버리고 우리가 바꾸고 싶은 곳 안으로
들어가자고. 깨끗하지 않다고 나무라기보다는 그런 오염을
견디며 결국 이끌어낸 변화를 서로 축하하고 높이 평가하자고.
　세상일이 다 내 마음대로 될 거라는 생각은 애초부터

틀렸다. 내 몸 하나도 내 마음대로 할 수 없는데, 다른 존재를
내 마음대로 할 수 있을 리 없다. 내 몸 하나 변화시키는 데에도
시간과 노동이 필요한데, 다른 한 인간을, 혹은 한 분야의
지식과 실천을 이데올로기나 가치만으로 바꿀 수 있을 리 없다.
현실과 물질에 뿌리 내린 이런 사유와 삶의 방식이야말로 인류
보편의 것이 되어야 한다. 이것만이 각종 위기에 직면한 인류가
살길일 것이다.

임
소연

임소연

서울대학교 자연과학부를 졸업하고 미국 텍사스공과대학교에서 박물관학 석사학위를, 서울대학교 과학사 및 과학철학 협동과정에서 과학기술학 전공으로 박사학위를 받았다. 과학기술과 젠더, 인간향상기술과 몸, 신유물론 페미니즘 등을 주제로 강의와 연구를 해오고 있다.

프랑스 인문과학재단(Fondation Maison des Sciences de l'Homme)의 지원을 받고 파리의 세계학연구소(Collège d'études mondiales)에서 박사후연구원으로 지낸 후 귀국했다가 아이를 낳고 키우게 되었다. 한참 연구 실적을 쌓아야 할 시기여서 전전긍긍하며 일에 몰두해왔지만 가족을 돌보고 나를 돌보는 시간의 중요함도 점점 알아가고 있다.

『나는 어떻게 성형미인이 되었나』, 『신비롭지 않은 여자들』, 『겸손한 목격자들』(공저), 『과학기술의 시대 사이보그로 살아가기』 등의 책을 썼고 Asian Women, Social Studies of Science, Medical Anthropology, Ethnic and Racial Studies, East Asian Science, Technology and Society 등에 논문을 실었다. 현재 동아대학교 기초교양대학에서 조교수로 재직 중이다.

지식에 대한 생각을
바꾼 양육

장
하원

과학기술학
연구자

찾아서 배워야 실현되는 모성

아이를 낳고 많은 것이 변했다. 나는 대학원 박사과정을
다니던 중에 출산을 했는데, 임신 막달까지만 해도 연구계획을
세우느라 고심하고 있었다. 그러다 아이가 태어나자마자
나의 일상은 송두리째 바뀌었다. 임신 기간에는 하루에 단
몇 줄이라도 읽고 써보려고 책상 앞에 앉아 있었지만, 아이를
낳고 난 뒤에는 아이를 먹이고 입히고 재우느라 몇 달 동안
노트북을 열지도 못했다. 아이가 좀 커서 잔소리만 좀 해주면
혼자 많은 것을 해내는 시기가 되었을 때에도, 내 일상은
아이를 신체적·정신적으로 편안하게 만들기 위한 활동으로
채워져 있었다. 그와 함께 많은 것이 달라졌는데, 아이의
의식주를 책임지다 보니 쇼핑 아이템이 달라졌고, 아이의

눈높이와 취향에 맞춰 자주 보는 TV 프로그램이 바뀌었고
종이접기 실력이 늘었고 젤리의 맛과 동요의 세계에 새롭게
눈떴다.

연구 주제도 자연스럽게 달라졌다. 대학원에서
과학기술학이라는 학문을 전공하면서 나는 신경과학의
역사, 그중에서도 새로운 뇌영상기술이 개발되는 과정과 그
파급력에 관심을 쏟고 있었다. 당시 제출했던 연구계획서에는
1980년대와 1990년대를 거치며 미국의 벨연구소에서
세이지 오가와(Seigi Ogawa) 연구팀이 BOLD(Blood Oxygen
Level Dependent)라는 기능성자기공명영상(fMRI) 기법을
개발하기까지의 과정을 분석하겠다는 목표가 적혀 있었다.
과학기술학 분야에서는 새로운 과학지식이나 연구방법,
전문가 집단이나 분과가 형성되는 과정에 대한 연구가 활발히
이루어지고 있는데, 나 역시 그러한 흐름 안에서 뇌에 관한
새로운 사실들을 만들어내는 최신 영상기술이 개발되고
활용되어온 역사를 이해해보고 싶었다. 아이를 뱃속에 품은
채 나는 설치류부터 인간까지 다양한 생명체의 뇌를 fMRI로
촬영해 뇌의 부위별 기능을 밝히는 논문들을 뒤적이고
있었다.

그런데 아이를 돌보다 보니 과학이 인간에 대해 내놓는
답뿐 아니라 훨씬 더 많은 종류의 지식들에 관심을 갖고
들여다보게 되었다. 아이에게 적절히 반응할 수 있는 엄마가

되기 위해 나는 많은 것을 새로 익혀야 했다. 임신 때부터
유명한 소아과 의사가 쓴 1000쪽짜리 책을 비롯해 각종
국민 육아서로 꼽히는 책들을 사두긴 했지만, 종종 이런
책들을 넘어서는 지식과 정보가 필요했고, 그만큼 지식과
정보의 원천도 다양했다. 아기의 몸에 좁쌀 같은 두드러기가
생기자 친정엄마는 태열이라고 했고, 소아과에서는 아토피성
피부염이라며 연고를 처방해주었다. 그러나 태열(내지 아토피성
피부염)이 그리 심하지 않을 때는 의사가 권한 연고 대신 육아
관련 온라인 커뮤니티(소위 맘카페) 회원들 사이에서 유명한
크림을 발라주고 독특한 목욕법을 따랐다. 곤히 자던 아기가
갑자기 새빨개진 얼굴로 몸을 뒤트는 모습에 놀랐지만,
인터넷 검색을 통해 그것이 '신생아 용쓰기'라는 비교적 흔한
행동임을 알게 되었다. 나와 남편을 반반씩 닮아 친숙한
외모와 달리 아이는 내게 너무나 생소한 존재였고, 나와
전혀 다른 종류의 사람을 돌보기 위해 나는 열심히 배워야
했다. '모성'은 열 달 아이를 품고 있다고 저절로 주어지는
것이 아니라 무언가를 찾아 배워야 실현할 수 있는 것이었다.
이렇듯 나는 다양한 종류의 지식과 정보의 세계 속에서
엄마로 커가는 동안 인간에 관한 '올바른' 지식이 하나가
아님을 깨닫기 시작했다.

장
하
원

낯선 존재로서의 아이

가족 구성원으로서 아이가 갖는 상징성 때문에 우리는
어린아이가 얼마나 독특하고 낯선 존재인지 충분히 주목하지
못하는 것 같다. 아이는 어른과 전혀 다른 몸과 마음을
지닌 생명체다. 아이는 태어난 후 1년에 걸쳐 몸무게가 세
배 이상으로 늘고, (지금은 여러 측면에서 비판받지만 여전히
강력한 영향력을 갖는 이론으로) 생애 초기 3년간 뇌의 주요
부위와 기능이 급속도로 발달한다고 알려져 있다. 한마디로
영유아기의 아이는 몸과 마음이 쑥쑥 크는 중이고, (이렇게
표현하기에는 불경스럽기도 하지만) 그래서 어른 사람과는 다른
종으로 느껴진다. 어른의 인간다움을 기준으로 내세워 아이를
미성숙하다고 평가하려는 것이 아니라, 내 삶에 들어온 새로운
존재와 적절히 관계 맺기 위해 그간 (어른) 사람들과 소통했던
것과는 전혀 다른 언어와 몸짓을 배우는 시기를 거쳐야 했다는
이야기를 하려는 것이다.

엄마로서의 삶은 내가 예측했던 것보다 훨씬 더 어려웠다.
신생아 시기에는 그저 아이의 신진대사를 제대로 돌아가게
하느라 온몸을 바쳐야 했다. 갓 태어난 아이는 물리적으로
나와 분리되기에는 너무나 연약한 존재여서, 그야말로 하루
종일 내 몸을 아이에게 갖다 붙인 채 아이가 먹고 싸고 자는
과정을 함께했다. 모유는 물론 분유를 먹더라도 아기는

엄마의 몸에 굉장히 의존한다. 당연하게도 신생아는 젖병을 혼자 들 수도, 고개를 자유자재로 가눌 수도 없기에, 엄마는 아이를 품에 안고 빨기 좋으면서도 공기가 섞여 들어가지 않는 최적의 각도로 젖병을 기울여줘야 한다. 또 다 먹은 분유를 삼키고 소화시키는 것도 도와야 하는데, 분유가 식도를 거쳐 위로 잘 내려가도록 아기의 몸을 세워 안은 채 트림이 나올 때까지 작은 등을 살살 토닥여줘야 한다. 게다가 아기의 몸속 기관들은 모두 작아서 자주 먹고 자주 싸는데, 엉덩이는 또 너무 연해서 피부가 짓무르지 않도록 하루에도 십수 번씩 기저귀를 갈아줘야 한다. 이렇게 독립된 개체라기에는 미숙한 아이의 몸을 보충하는 주기를 반복하다 보면(먹이는 데 십수 분, 트림시키는 데 십수 분, 재우는 데 수십 분, 그러고 나면 또 먹일 시간이다.) 내 몸이 필요로 하는 만큼 먹고 자고 쉴 시간이 없었다.

신체적으로 힘든 것보다 더 어려웠던 것은 아이가 보내는 신호를 제대로 해석하고 그에 대응하는 일이었다. 출산 직후 병원과 조리원에서 지낼 때는 아이를 대하는 게 어렵지 않았다. 아이가 배가 고파 엄마를 찾을 때를 제외하고는 '전문가'들이 아이를 돌봐주었고, 수유하라는 연락이 오면 먹을 준비가 된 아이를 그저 엄마로서 받아 안아 잘 먹이기만 하면 되었다. 집으로 돌아오자마자 나는 엄마임에도 불구하고 내 아이가 보내는 신호(갖가지 다른 울음)를 제대로 해석할

수 없는 '비전문가'라는 사실을 깨달았다. 아이가 울음을
터트리면 배가 고픈 건지, 졸린 건지, 아니면 어딘가가
불편하거나 아프거나 심심한 건지 알 수 없어 우왕좌왕했다.
기저귀를 확인하고 안아서 어르다가 안 되면 젖을 물리고
그것도 뿌리치면 분유병을 들이댔다. 아이를 오래 보살펴본
사람이라면 쉽게 알아차릴 수 있는 아이의 신호를 나는 이해할
수 없었다. 울음이라는 단 한 가지 행위로 이루어진 아이의
소통 방식에 적응하기 위해서 나는 맘카페에서 배운 대로 수유
시간 간격과 낮잠 패턴을 기록했고, 기록이 쌓이자 아이의
울음소리를 더 쉽게 해석할 수 있게 되었다.

　　엄마로서 포착해야 할 것들은 울음으로 표현되는
원초적 차원의 욕구만이 아니었다. 아이가 묵직해지고 몸을
스스로 가눌 때쯤부터는, 아이의 몸무게나 똥 상태보다는
모아(母兒) 관계의 질을 살피느라 온 신경이 곤두섰다. 아이를
낳고 6개월쯤 지난 후부터 다시 강의를 나가고 연구를 위한
인터뷰를 다니기 시작했는데, 아직 너무 어린 아이를 남의
손에 맡겨두고 일을 하러 가는 것이 엄마로서의 책임을
방기하는 듯한 죄책감을 불러일으켰다. 저녁에 집으로
돌아와서는 아이의 일거수일투족을 좇으며 아이의 모든
옹알이와 몸짓을 관찰했는데, 당시 내가 활동하던 맘카페의
대화명대로 나는 '아들껌딱지'였다. 밤에 아이가 잠들고
나면 모아 관계와 애착(attachment) 이론에 대해 검색해 읽고,

그러다가 아이가 나를 보고 웃지 않는다거나 아이가 나를
좋아하지 않는 것 같다며 남편을 붙잡고 울었다. 아이의
울음 한 번, 웃음 한 번에 그렇게 심각하게 고민했던 모습이
지금은 이상하게 느껴지지만(그렇지만 당시 맘카페에서 비슷한
엄마들을 많이 만났다.) 한편으로는 이렇게 누군가의 몸과 마음을
이해하기 위해 내 몸과 마음 전부를 다 바치는 시기를 거치는
동안 엄마로서는 물론 연구자로서의 자질도 만들어졌다고
믿는다. 그렇게 해서 나는 과학기술학 연구자로서 아동의
발달과 관련된 다양한 지식과 실천, 나아가 취약한 몸을
돌보는 사람과 사건에 주목할 수 있게 되었다.

자폐성 돌봄의 현장에서

우리 집의 어린아이를 돌보느라 아동 발달에 관한 지식과
정보를 섭렵하다 보니, 이런 지식의 세계가 점점 연구의 소재가
되었다. 결국 fMRI라는 최신 뇌영상 기법의 형성 과정을
분석하는 것을 그만두고, 자폐증*이라는 발달장애에 초점을

> * 이 글에서는 현재의 진단명이 지칭하는 장애는
>   '자폐스펙트럼장애'로 표기하고, 그간 다양한 명칭과
>   기준으로 장애로 진단되어온 의료적 대상들을 포괄하는
>   용어로는 '자폐증'을, 장애의 종류를 자폐증으로

맞춰 우리 사회에서 영유아기 아동에 관한 지식과 정보가
어떻게 생산되고 소비되고 새로운 경험을 만들어내는지
연구하게 되었다. 주제를 바꿨지만 처음에는 막상 달라진 것이
별로 없었다. 신경과학 분야의 연구들 대신 발달심리학이나
정신의학 분야의 교과서와 논문 들을 뒤지기 시작했을 뿐이다.
어느 정도 자폐스펙트럼장애와 관련된 지식의 흐름과 새롭게
개발된 진단 도구 및 치료 기법들을 파악한 뒤에는 발달장애를
다루는 학술대회나 워크숍에 참석해 현재 활발히 논의되는
주제와 논쟁의 지형을 살펴보았다. 또 발표를 들으며 해당
연구자가 아동의 심리와 발달에 대해 어떤 입장이며 어느
분파에 속하는지 파악하려 애썼다. 연구 초기에는 발달장애에
관한 '과학적' 지식들만을 열심히 쫓아다닌 셈이다.

　　인터뷰를 가장 먼저 계획해 찾아간 사람들도
소아정신의학 분야에서 권위 있는 전문가들이었다. 당시
내게는 그들이 한국에서 자폐성을 포착해 개입하는 전 과정의
주역이었다. 의사들이야말로 진료실에서 누군가에게 처음으로
자폐스펙트럼장애라는 진단명을 부여함으로써 자폐인 집단을
새로 만들어내는 존재로 보였던 것이다. 한국에서 자폐증은

> 특정하지 않을 때는 '발달장애'를 사용하였다. 이처럼
> 장애의 상태임을 확정하는 용어와 구분하여, 개선될 수
> 있는 성향이나 특성, 일상적인 문제로 다루어질 때에는
> '자폐성' 또는 '발달 문제'라는 용어를 사용하였다.

1990년대까지는 잘 진단되지 않는 희귀한 장애였으며,
품행이나 정서의 문제로 판별되거나 반응성애착장애로
진단되기도 했다. 그러나 2000년대 중반을 거치며 이런 대체
진단은 급격히 사라지고 자폐스펙트럼장애 진단이 훨씬
늘어났다. 나는 이런 진단율 변화를 보면서 생소한 이름표를
받아들고 충격에 휩싸인 사람들(주로 보호자들)의 모습을
상상했다. 실제로 내가 읽은 수기나 연구서에서도, 처음 방문한
진료실에서 부모가 자신의 아이가 자폐증이라는 청천벽력
같은 말을 듣고는 크게 놀라는 장면이 등장하곤 했다.

그런데 연구가 진행될수록 그런 보호자는 현실에서는
생각보다 많지 않다는 점을 알게 되었고, 이는 발달장애
돌봄의 현장을 좀 더 확장해서 보는 계기가 되었다. 진료실은
자폐스펙트럼장애라는 진단명이 탄생하는 공간이기는 하지만,
발달장애 돌봄의 '시작점'은 아니다. 우선 나부터 아이의
건강이나 발달 문제가 우려될 때 병원을 찾기 이전에(또는 병원
방문을 대신해) 인터넷 검색이나 맘카페 게시글에 의존해 정보를
얻었다. 아동 발달 문제에 특화된 온라인 커뮤니티도 여럿
있었는데, 2000년대를 거치며 소위 '(진단) 전문가'라고 불리는
소아정신과 의사와 병원들이 성장하는 동안, 발달장애가 있는
아동의 부모들이 주축이 된 온라인 소통 공간 역시 활발히
생겨났다. 물론 책이나 인터넷을 통해 아이의 발달 문제를
알게 된 뒤에도, 막상 진료실에서 확정적인 진단을 받는 순간

보호자는 심리적 충격을 받을 것이다. 그러나 내 연구에서 중요했던 점은 발달 문제를 감지하고 포착하고 그에 개입하는 것이 단지 의사로부터 시작돼 보호자와 당사자에게 훈육되는, 일방향의 과정이 아니라는 점이다.

일상적 치료와 돌봄의 영역으로 넘어오면 그 주인공은 더더욱 의사가 아니라 보호자가 된다. 아동의 증상과 특징은 진료실에서 의사에 의해 자폐스펙트럼장애라고 이름 붙여지지만, 당연하게도 한 아이의 발달 문제는 적절히 명명돼야 할 뿐만 아니라 매일 관리되어야 하는 것이기도 하다. 보호자는 아이와 함께하는 매 순간 눈을 맞추려고 노력하고, 아이의 말과 몸짓을 해석해 그에 답하고, 아이의 욕구나 감정을 타인에게 번역한다. 또 아이에게 가장 잘 맞는 치료 방식과 치료사를 찾기 위해 새로운 치료법을 시도하고 아이의 반응과 행동을 세심하게 관찰하며 치료 효과를 평가한다.

이런 돌봄의 과정들은 남들과는 '다른' 아이에 대한 공부로 뒷받침되어야 하기에 낮 시간에 아이를 돌보느라 바빴던 보호자는 아이가 잠들면 발달장애에 대해 공부하느라 바쁘다. 보호자들 사이에서는 자폐증은 '엄마가 공부를 많이 해야 하는 병'이라고 강조된다. 자폐증의 원인과 증상에 대한 상이한 이론들부터 갖가지 증상을 완화하는 다양한 치료와 교육 방식들의 효과와 장단점에 이르기까지, 생소한 장애에 대한 지식과 정보가 넘쳐난다. 이런 정보의 바다에서 좋은

정보, 즉 내 아이의 특성을 제대로 이해하고 치료하는 데
도움이 되는 정보를 가려내기 위해서는, 책 속의 자폐증과
내 아이의 문제를 견주어가며 양쪽에 대해 끊임없이 배워야
한다는 것이다.

　　이러한 실천들 속에서 보호자는 의사와 또 다른 방식으로
자폐성을 느끼고 말하고 돌보는 능력과 책임을 함양하고
발휘한다. 진료실에서 아동의 발달장애는 의사가 명확히
포착할 수 있고 보호자가 진단을 받아들일 수 있을 만큼
가시화돼야 하고, 그래서 의사에게 주어진 가장 큰 책임은
발달장애를 '발견'할 수 있는 안목을 기르고 실행하는
것이다. 그에 비해 보호자는 진료실 바깥의 더 많은 현장에서
훨씬 다양한 일을 해내야 하고, 때로 그 일들은 상충한다.
보호자들은 아이의 발달장애를 효과적으로 관리하기 위해
진료실과 치료실을 적극적으로 방문해야 하지만, 동시에 아직
어린 아이에게 장애라는 딱지를 붙이지 않아야 할 책임도
있다. 예컨대 주양육자(주로 엄마)로서 자녀의 문제에 대해
배우고 그에 개입하는 것은 소아정신의학의 차원에서는
독려할 만한 실천이지만, 한국의 엄마들 중 상당수는 스스로
자신의 아이를 문제시하는 과정에서 자책감을 느낀다. 또 우리
사회에서는 아이의 발달 문제에 '민감해진' 엄마들은 지나치게
'예민하다'는 평가나 쓸데없이 '불안이 높다'는 비난을 받기도
한다. 그렇다고 저마다의 속도로 크는 아이를 '기다려주는'

엄마로 살다 보면 아이의 발달 문제를 적기에 발견하지 못한 '무지한' 엄마가 된다.

더군다나 영유아기의 뇌가 갖는 특성 때문에 이 시기 아이들에게는 훨씬 더 많은 해석과 실천이 덧붙는다. 어린 아이의 뇌는 아직 완성되지 않은 채 계속해서 변화하고 있기 때문에 아동의 발달장애는 확정적인 결과가 아니라 항상 '만들어지고 있는' 또는 '벗어나고 있는' 상태로 인식될 수밖에 없다. 발달장애에 관한 편견과 낙인이 상대적으로 심각한 한국사회에서, 보호자들은 아이의 발달장애를 확고한 진단명에 의거해 '의사처럼' 돌보기보다는, 진단의 경계에서 매 순간 기대와 우려를 번갈아 오가며 과학과는 다른 방식으로 느끼고 말하고 보살핀다. 엄마들은 매일매일 커가는 자신의 아이에게 자폐스펙트럼장애라는 진단명을 붙이기가 너무 아까워, '자폐 성향이 있다'거나 '자폐스펙트럼장애 진단을 받았지만 경계에 있다'거나 '일반 아이와는 다르다'는 완곡한 표현을 만들어서 쓴다. 그러면서도 아이의 발달 문제를 바짝 끌어안고, 과학이 내놓는 답 이상의 맞춤 돌봄을 실현하기 위해 분투한다. 이렇게 자녀의 발달 문제를 느끼고 해석하고 그에 개입하면서 울고 웃는 보호자들을 따라다니면서 나는 박사 연구의 후반부에서야 한국의 발달장애 경험을 제대로 이해하기 위해서는 보호자들의 일상과 돌봄의 양식들을 더 진지하게 다뤄야 한다는 사실을 깨달았다.

시행착오를 거듭하며
돌봄 전문가가 되어가는 사람들

인류학의 오랜 모토인 "낯선 것을 익숙하게, 익숙한 것을
낯설게"에 비춰, 나는 자폐증에 연루된 사람들의 일상을
기록하는 한편, 이를 프리즘으로 삼아 양육이라는 보편적인
실천의 독특한 측면들을 드러내고 싶다. 양육은 인류 역사상
내내 지속되어온 실천이고 오랜 시간 동안 주로 여성에 의해
수행되었지만, 그 다채로운 측면이 제대로 언어화되어 있지
않다. 양육을 어머니의 일로 본질화하고 모성을 신화화하는
것에 대해서는 이미 많은 비판이 제기되었지만, 여전히 양육의
실제에 대한 다양한 이야기가 더 많이 필요하다. 박사과정에서
내가 만난 연구 참여자들은 양육에 대해 숙고하는 사람들,
그래서 우리로 하여금 양육에 대해 다시 생각해보게 만드는
사람들이었다. 모든 부모가 그렇지만, 발달 문제가 있는
아이를 키우는 보호자는 시행착오를 거듭하며 일종의 돌봄
전문가가 되어간다. 보통의 아이와는 '다른' 아이를 이해하기
위해 아이의 특성을 더 오래, 더 자세히 살피고, 개별 아동과
보호자에게 맞는 방법을 찾기 위해 더 다양한 소통 방식과
양육법을 탐색하고 저울질하고 실천하면서 말이다. 아마도
내가 보호자들을 만나 인터뷰하는 자리에서 어떤 해방감을
느꼈던 이유는, 돌봄 전문가인 이들이 나 또한 겪었던 엄마됨의

중요한 측면들을 드러내주었기 때문일 것이다.

엄마가 된다는 것은 역할이나 정체성의 변화라고 추상적으로 말해버리기에는 너무나 격렬한 몸과 마음, 그리고 일상의 변화를 요한다. 아이를 돌보는 과정은 아이에게 반응할 수 있는 몸, 더 정확히 말하면 감각을 함양하는 과정이다. 엄마들은 아이의 감정과 욕구, 나아가 발달 문제까지 포착하고 그에 대응하는 '민감한' 엄마가 되기 위해 짬짬이 책을 읽고 인터넷 검색을 하고 맘카페를 들락거리고 주위 엄마들과 대화하며 자녀 양육을 위해 필요한 갖가지 지식과 노하우를 얻는다. 모든 양육자가 이러한 배움을 동일한 정도로 수행하는 것은 아니지만, 적어도 초보 양육자들이 얼마간 낯선 존재인 아이를 이해하고 더 잘 돌보기 위해 각종 지식과 정보를 체화하는 과정을 거친다는 점만은 분명하다.

이러한 양육 실천은 종종 갈등이나 딜레마, 그로 인한 감정이나 책임을 관리하는 과정을 동반한다. 아이는 어른과 다른 몸과 마음을 지녔다는 당연한 사실로 인해 아이를 보살피는 과정은 수많은 질문을 맞닥뜨리게 한다. 아이의 발달 속도를 있는 그대로 받아들이고 기다리는 것과 아이의 문제를 포착하고 그에 개입하는 것, 아이가 하고 싶은 것을 하게 두는 것과 아이를 사회에 적응할 수 있도록 교육하고 훈련하는 것, 아이의 개성을 지켜주는 것과 아이의 일탈을 교정하는 것 사이에서 보호자들은 종종 망설이지만 그때그때 결정을

내리고 그에 대해 책임져야 한다. 그 과정에서 동원되는 과학적
지식과 옆집 엄마의 노하우는 충돌하고, 소아정신의학에서
주양육자에게 요구하는 책임과 한국사회가 주문하는
이상적인 어머니상은 모순된다. 이런 분열 속에서도 많은
엄마들은 꿋꿋하게 아이의 몸과 마음을 보조하고, 아이를 더
잘 돌보기 위해 갖가지 지식과 정보를 체화하고, 민감하면서도
정서적으로 안정된 엄마가 되기 위해 마음을 추스른다. 그렇게
돌보는 몸과 마음으로 살아가면서, 엄마가 된다.

하나일 수 없는
모성적 지식과 실천

나도 그렇게 엄마로 사는 동시에, 자신과 타인을 돌보는
이야기들을 수집해 우리 사회의 각종 질병과 장애를 연구하는
작업을 하고 있다. 서른 명이 넘는 엄마를 인터뷰하고 수백,
수천 개의 맘카페 글을 읽으며 자폐성 돌봄의 현장을 보고
나니, 발달에 관한 과학적 지식과 기술이 갖는 양가적인
가치에 대해 이전보다 훨씬 깊이 고민하게 되었다. 한때는
과학기술학자로서 현대 과학이 누리는 지나치게 높은 권위를
비판하며 모든 종류의 과학에 무턱대고 냉소적이었던 적도
있다. 또 엄마가 된 뒤로는 그렇게 코웃음 치던 뇌과학 지식과

애착 이론에 사로잡혀 아이의 발달을 촉진하는 데 몰두하기도 했다. 이렇게 우왕좌왕하던 내가 마주 앉은 엄마들로부터 배운 것은 각양각색의 아이들을 키워내는 과정에 필요한 이상적인 지식이나 모성은 하나일 수 없으며, 또 그렇기 때문에 다양한 지식과 감정, 책임 사이의 모순과 긴장도 있을 수밖에 없다는 것이다. 소위 독박육아의 고통이란 신체적 차원의 고됨뿐 아니라 이 모든 갈등과 어려움을 혼자 감내해야 한다는 데서 오는 것이 아닐까. 아이를 돌보는 일상에 대한 이야기가 더 많이 쌓이고 아이라는 낯선 존재를 어떻게 돌봐야 할지 함께 고민하는 사람이 늘어날 때, 양육의 무게는 조금 가벼워지고 돌봄의 분배는 조금 더 정의로워질 것이다.

장하원

어릴 때부터 과학을 좋아해 과학자의 길을 택했지만 대학원 실험실과 대기업 산하 연구소를 거치며 실험에 질려버렸다. 학창 시절 내내 우등생이었지만 결혼과 육아를 거치며 등수에 대한 욕심을 내려놓았다. 지금은 과학기술학 연구자로서, 과학에 대한 애정도, 내 아이에 대한 사랑도, 과학기술에 대해 연구하는 내 일에 대한 열정도 적당히, 그러나 평생 유지하는 것을 목표로 살고 있다.

서울대 과학학과(구 과학사 및 과학철학 협동과정)에서 박사과정을 밟는 동안에 아이를 낳아 키우고 포닥 남편을 따라 여러 나라를 떠돌았다. 수년간 붕 떠 있는 일과 가정, 아이를 저글링 하듯이 돌보다 보니 '돌봄'이라면 지긋지긋해졌지만, 결국 그래서 무언가를 돌보는 사람들의 앎의 방식과 일상적 실천에 주의를 기울이는 연구자가 될 수 있었다(고 믿으려고 노력한다). 지금은 부산대학교 한국민족문화연구소에 소속되어, 자폐증과 같은 발달장애부터 코로나19와 같은 감염병까지 우리 사회에서 질병과 장애를 돌보는 사람들과 사건들에 대해 기록하면서 좋은 의료에 대해 고민하고 있다. 공저로『겸손한 목격자들: 철새·경락·자폐증·성형의 현장에 연루되다』,『마스크 파노라마: 흑사병에서 코로나19까지, 마스크의 과학과 정치』등이 있다.

전
유진

사라지는 마법으로
사라지지 않기

아티스트

내 공간에 대한 로망을
잃어버리다

올해, 두 번의 이사를 했다. 그것도 이틀 간격으로. 천정부지로 솟은 서울의 집값은 세입자에게 출구 없는 미로 같았다. 전셋집에서 거의 쫓겨나듯 나오는 동시에 등 떠밀리듯 집을 샀다. 한때 집을 갖지 않겠다는 다짐은 애랑 같이 길에 나앉을 수는 없다는 불안감으로 무력해졌다. 짧았지만 온갖 괴로움이 농축된 그 과정은 (농담 1도 섞이지 않은 순도 100퍼센트의 진담으로) 애 낳는 것보다 더 힘들었다. 생애 처음 집을 샀으니 축하받을 일이기도 했지만, 사실 하나도 기쁘지 않았다. 부부가 다 창작을 하는 형편에 빚잔치를 성대히 열어야만 가능한 일이었다. 그에 더해 작업실까지 계약만료를 앞두고 있어 엎친

데 덮친 격이었다. 처음 한 달의 간격을 예상했던 두 이사는 불길한 예감이 적중하듯, 결국 같은 시기에 일어나고 말았다. 그리고 절대로 한 주에 두 번 이상의 이사는 하면 안 된다는 (굳이 안 해봐도 아는) 당연한 교훈을 얻었다.

집과 작업실을 새로 얻었지만 인테리어에 드는 소비는 최소화하고 싶었다. 하지만 '시간 가난(time poor)'이라는 문제는 언제나 금전적 소비를 야기하기 마련이다. 겹친 이사 일정 덕분에 가구를 직접 만들 시간은 없었고, 급하게 완제품을 다시 사면서 내 책상, 내 자리 문제로 남편과 실랑이가 벌어졌다. 이름에도 '열린'이라는 수식어가 붙은 우리 랩은 처음부터 커다란 테이블을 공용 책상으로 사용했고, 따라서 '내 자리'라는 것도 존재하지 않았다. 그 책상에서 사람들과 여러 모임을 열었고, 사람들이 없을 때는 온전히 나와 우리 연구원들의 작업 공간이 되었다. '환대'와 '집중', 성격이 다른 두 모드를 매번 전환하는 것이 쉬운 일은 아니었다. 이번 이사에 공간이 더 넓어지면서 다들 각자의 자리에 대한 로망이 있었다는 것을 알게 되었다. 상주인원이 총 네 명이라, 내 자리까지 네 개의 동일한 책상을 붙이면 그 모습이 완벽하다는 것이 남편의 주장이었다. 갈등은 같은 로망이 내게 없다는 것에서 발단했다. 남편의 바람대로 결국은 내 자리가 생겼지만, 이후로도 나는 계속 공용 책상을 쓰고 있다.

갑자기 나에게 되물었다. 나는 왜 내 자리, 내 공간에 대한 로망이 없을까?

희미해진 기억을 더듬어보니 분명히 내게도 있었다, 그런
욕망이. 그것도 아주 강하게. 집의 온갖 가구를 이동시켜
벙커를 만들던 어린 시절에도, 일부러 더 좁고, 더 구석진 곳을
파고들며 음악을 하던 20대에도 그 누구보다도 외부와 차단된
내 영역이 중요했던 사람이었다. 철벽처럼 공고했던 나의
경계가 무너진 것은 언제부터일까?

언제든 사라지고 싶은 충동

아이를 낳기 전까지 멀쩡히 잘 존재했던 내 자리의 풍경을
기억해냈다. 내가 원하는 너비와 깊이로 몇 날 며칠 고심하여
짠 책상과 작업의 효율을 극대화하기 위해 가장 적절한 위치에
자리 잡은 장비와 도구들……. 집에도, 당시 다니던 회사에도
'내 자리'는 잘 영역화되어 있었다. '물리적으로 고정된 나의
공간'이 사라지게 된 계기는 결혼이 아니라 분명히 출산이었다.
막 출산을 하고 나서는 모든 게 다 혼돈이었기에 공간이
무너지게 된 어떤 특정한 사건이나 이유가 떠오르지 않는다.
마치 만조에 물이 차듯 인지하지도 못하는 사이 내 자리는
자취를 감추었다.

어쩌면 출산은 공간뿐만 아니라 '나'라는 경계 자체를

전
유진

허무는 경험인 걸까. 영원히 내 것인 줄 알았던 내 몸 한자리를
다른 생명에게 내어주면서 이미 나도 모르게 (이후 파생될
개방 조약 전문에) 동의해버린 걸까. 5년을 끊었던 육류에 대한
갈망이 임신 초기 내 머릿속을 사로잡고, 출산이 임박해
내진하는 의사의 손이 몸속으로 들어오고, 아홉 시간 진통을
했어도 끝내 수술칼이 내 배를 뚫고 들어오고, 아이를 낳고
나니 다 끝났다고 생각했는데 이제는 가슴마저도 내 것이
아니었다. '제발 잘 좀 풀어주세요.' 하며 마사지사 손에
넘기거나, '제발 먹어줘.' 하는 마음으로 피가 날 때까지 아이
입에 쑤셔 넣고 있는 모습이란……. 도대체 이 과정이란
무엇일까? 침입당하고, 예상치 못한 침입에 어처구니없어
하다가, 몇몇 침입을 수긍하고 허락도 하면서, 급기야 어떤
침입은 스스로 더 갈구하는 상황까지 이르게 되었다. 물론
그때가 되면 더 이상 '침입'은 '침입'이 아니게 되지만.

　　아이가 여섯 살이 된 지금 나는 이 연쇄적인 침입에 대한
일종의 특이반응으로, 구획을 도리어 거부하는 지경에 이른
게 아닐까? 내친 김에 정신 승리로 승화시켜보자면, 반복되는
식사로 늘 깔끔할 수밖에 없는 식탁이나 너른 공용 책상이
필요한 순간 다 내 차지가 된다는 사실을 좋아하기까지
하게 되었다. 물론 식탁과 공용 책상이 언제나 깨끗한
것은 아니기에, 작업할 수 있는 한 줌의 공간을 찾아 마치
메뚜기처럼 정처 없이 전전해야 하는 상황도 생긴다. 하지만 이

또한 관점을 달리하면 나는 어느 곳에서든 일에 돌입할 만반의 준비가 되어 있는 초집중력 인간으로 진화한 것이다. 그야말로 '웃픈' 얘기지만 틀린 말도 아니다.

지금 내가 이 글을 쓰고 있는 곳도 집의 식탁이다. 주로 가족들이 식사하는 곳이지만 그렇지 않은 시간엔 대부분 나의 노트북이 올라오고, 간혹 88건반을 비롯한 온갖 음악 장비들과 인두기까지도 올라온다. 매번 치우고 다시 펼치는 일이 귀찮지만, 같은 일을 하지 않아도 되는 내 일의 다이내믹을 즐기기도 한다. 20대에는 전자 기타를 매고 음악을 시작했고, 30대에는 영화음악을 하다가 지금은 설치미술, 공연 등을 만들며 한 단어로 규정되지 않는 직업을 갖고 있다. 어떤 일에 계속 매여 있지 않고, 언제든 다른 사람이 될 수 있다는 해방감은 내 자리가 없다는 사실로 한층 증폭된다. 결혼과 출산 이후, 내게 붙여지는 여러 호칭, 역할, 책임은 원래의 '나'를 지우고 실제 '내 공간'도 사라지게 한 것이 사실이다. '나'라는 존재를 지우는 위협과 새로운 '나'를 형성하는 무게는 나를 어딘가로부터 늘 벗어나고 싶게 만들었다. 사라지기 싫은 감정이 언제든 사라지고 싶은 충동으로 전환된 것이다. 물리적인 족쇄를 벗어나 가볍게 들고나는 자유, 그곳이 어디든, 그 모습이 무엇이든 내가 선택할 수 있다는 자유가 그 어느 때보다도 절실해졌다. 결국 엄마, 작가라는 무게가 내 방, 내 공간, 내 책상, 내 자리가 없어지면서 오히려 덜어진다고 느끼는

걸까. 어찌 보면 일종의 착각이고 환상이다. 자기기만으로나마
자기 위안할 수밖에 없는 상황에 서글픔도 있다. 그러나
판타지일지라도 작동하는 자기 위안이 있다는 사실은 얼마나
큰 도움을 주는지……. 나는 출산 이후 없어진 내 자리를
생각하면 섭섭한 마음보다는 마치 날개를 단 것처럼 숨통이
트이고 자유로운 기분이 든다.

양가성을 있는 그대로 인정하자

날개 이야기가 나온 김에, 전형적인 젠더 이데올로기와
모성애가 전제된 동화 「선녀와 나무꾼」에서 만약 선녀가
날개옷을 수시로 꺼내어 볼 수 있었다면 그 결말이 달라지지
않았을까? 선택할 수 있다는 자유는 내가 어떤 선택을 하든,
그 선택 자체보다도 더 중요하게 느껴진다. 어떤 일이든 이
길밖에 없다는 생각이 들면 나는 어쩐지 더 지치고 거부감이
든다. 힘들면 언제든 그만둘 수 있다고 생각했던 것이 오히려
커뮤니티와 창작 활동을 지속하게 된 나름의 비결이라고
어디 가서든 자주 실토한다. 살면서 평생 갈 거라 다짐하고,
끝까지 함께하자 막 맹세했던 일 중에 잘된 일이 별로 없다.
특히 밴드를 비롯한 팀, 공동체 경험이 대표적인데, 영원을

약속할수록 영원할 수 없는 비극은 현실에 가까워진다. 또 더 엄밀히 말하자면 영원하지 못해도 비극이 되는 건 아니다. 영원해서 비극이 되는 경우가 더 많다. 어쨌든 어떤 일이든 '선택의 여지'를 둔다는 것은 '거리두기'를 마음의 기본값으로 두는 것과도 같다. '거리두기'는 거리를 두는 대상을 지키는 동시에 나를 지키는 방법이기도 하다. 생존을 위한 지혜이자 중용의 미덕으로, 사람뿐만 아니라 내 일, 내 손에 들어오는 물건까지도 거리를 두며 관계의 지속성을 높여갈 수 있다.

　물론 이런 말이, 오랜 시간 자신의 영역을 가질 수 없었던 수많은 여성의 삶을 대변할 수 없고, 또 현재가 너무 괴로운 누군가에게 전혀 와닿지 않을 수 있다. 육아에 대한 괴로움과 행복함, 그 어느 쪽도 쉽게 털어놓기 어려운 이유 중 하나가 바로 이런 절대적인 상대성에 있다. 무릇 글이란 쓰는 이의 주관이 반영될 수밖에 없기에 기사나 논문이 아니고서야 굳이 '이 글은 주관적이다.'라는 말을 덧붙일 필요는 없을 것이다. 그런데도 '출산'과 '양육'이라는 주제는 굳이 상대적이라는 점을 강조하게 만든다. 솔직하게 말하면 글로 쓰기 조심스럽고 다소 용기가 필요한 주제이다. 산후우울증, 불임, 비혼주의, 정상가족 이데올로기, 경력 단절 등 여러 사회적 이슈에 내가 하나의 사례로서 일반화될 가능성이 있고, 실제로 출산과 육아를 고민하는 누군가에게 하나의 의견을 보태는 일이 될 수 있기 때문이다. 물론 어떤 이슈에는 한 명의 사회 구성원이자

전
유진

123

여성으로서 찬성이든 반대든 입장을 표명해야 할 때도 있다. 다만 늘 그것을 전제하고 글을 쓰지 않는다는 것, 육아와 관련된 글은 쓰기도 전에 내가 먼저 나를 검열하게 되는 상황에 자주 놓인다는 것을 이 글에 꼭 덧붙이고 싶었다. 실제로 눈치 보이고 신경이 쓰이는 부분을 하나씩 쳐내다 보면 영혼 없는 이야기만 남을 때가 있다. 꼭 어떤 결론이나 확실한 입장을 담지 못하더라도, 있는 그대로의 심리적 변화를 솔직하게 털어놓을 수는 없을까. 온갖 모순으로 뒤덮여 앞뒤가 도통 맞지 않을지라도 그런 글을 써보면 어떨까. 사실 육아라는 경험 자체가 애초에 그런 것이니까.

나는 임신 기간 동안 일기를 거의 쓰지 않았지만, 몇몇 남은 기록을 들춰보아도 대부분이 나의 심리적인 모순을 담고 있다. 기쁘지만 두려운, 행복하지만 불행한 임신의 양가성은 그대로 육아로도 이어진다. 육아일기의 시작은 글을 여는 계기가 된 그날의 사건들로 매번 다채롭다. 하지만 마지막은 늘 똑같은 결론이다. 대개가 '그래도', '그렇지만', '그럼에도 불구하고' 같은 반전의 접속사들로 마무리된다. '오늘 어쩌구저쩌구 해서 힘들었는데, 그래도 잠든 아이의 얼굴을 보며 웃는다.' 이런 식이다. 그게 반복되다 보니 더 이상 쓰는 재미를 잃게 되었다. 사실 생각해보니 어릴 때도 같은 문제로 일기를 꾸준히 쓰지 못했던 것 같다.

다시 '그럼에도 불구하고' 육아에 대한 글을 쓰자면 이

양가성을 들먹이지 않을 수가 없다. 최근 들어 이 양가성
자체를 풀어내는 책이나 영화가 나오고 있는 것 같아
뒤늦게나마 매우 반갑다. 어느 한쪽으로 결론 짓지 않고
양가성 그대로를 인정하고 들여다보자는 시도는 앞으로도
꾸준히 공감을 얻을 것이다. 육체와 정신 모두에서 벌어지는
이 모순의 소용돌이를 아무리 끌어안으려 해도 도무지
익숙해지지 않기 때문이다. 육아는 내가 선택한 일이기에
어디 가서 이 아이러니를 토로하기도, 공감받기도 쉽지 않다.
비단 사회가 여성에게 강요하는 모성애에 반하는 이야기여서
털어놓기 어려운 것이 아니라, 겪는 당사자조차도 뚜렷이 결론
내릴 수 없는, 순간순간 바뀌는 상태이기 때문이다. 상황은
급변하는데 매번 달라지는 무언가를 언어화한다는 것은 힘든
일이다. 스스로 기록에 대한 의미와 목적성을 찾지 못하면
이내 무의미하게 느껴진다. 그리고 모순을 포용하지 못하는
사회를 지적하기에 앞서, 사회화된 한 명의 개인으로서 나
자신도 내부의 모순을 납득하기란 쉽지 않다. 논리적 개연성을
중요시하는 환경에 익숙할수록 그 모순을 인정하는 대신 자꾸
문제를 바로잡으려 애쓰게 된다. 때로는 노력보다 노력하지
않는 것이 더욱 어려운 법이다. 이건 육아를 하며, 아이에게
개입하는 것보다 개입하지 않는 것이 더 어렵게 느껴지는 것과
딱 같은 이치다. 그래서 양가성을 있는 그대로 인정하자는
사회문화적 분위기는 여러 모로 유의미하다. 당사자에게

전
유진

'~해야 한다'로 끝나는 천편일률적인 의무를 강요하지
않음으로써, 사회의 포용력과 다양성은 한 단계 진보하게
된다.

앞서 나는 '출산으로 내 공간이 사라졌는데, 오히려 그 계기로
내 공간을 갖지 않겠다.'라고 결심했다고 고백한 바 있다. 내가
잃어버린 것은 비단 공간의 로망뿐일까? 사실 책상뿐만 아니라
많은 종류의 '로망(roman, 낭만)'이 내게서 사라졌다. 특히
나를 꾸미는 것에 대한 욕망이 드라마틱하게 소멸했다. 어릴
때부터 다음날 입을 신발, 옷, 모자까지 세트로 계획이 잡혀야
잠이 오는 사람이었는데……. 어떻게 사람이 이렇게 변할 수
있을까?

그 사라짐과 부재에 대해서 인지는 하지만, 이를 다시
채워야 한다는 욕망은 잘 느껴지지 않는다. '그땐 그랬지.'
같은 희미한 그리움도 분명히 있다. 그럼에도 옛날처럼 강렬한
갈망이 솟아오르는 건 아니기에 크게 문제되지 않는다. 어떤
면에서 전기가 통하는 물체인 도체에 각각의 정전용량이
있는 것처럼, 인간도 욕망을 가질 수 있는 용량의 한계가 있는
것이 아닐까. 아이로 인해 잃어버리게 된 욕망의 빈 곳은 다시
아이로 인해 얻어지는 다른 욕망으로 상쇄되는 것일까.(여전히
더하기 빼기의 단순한 논리를 가져와 나 자신을 이해하려는 시도를
거듭하고 있다.)

좀더 솔직하고 좀더 적나라하며
저마다 다른 기록들

아이를 키우며 가장 힘든 것은 시간과 에너지의 가난이다.
이 둘의 부족으로 여러 욕망의 우선순위가 뒤바뀐다. 잘
먹고, 잘 자고, 잘 쉬는 욕망이 우선되고, 지적 유희, 사교,
예술, 미적 표현을 향한 욕망은 비교적 아래로 떨어진다. 욕망
자체가 줄어든다는 얘기가 아니라 어떤 욕망을 먼저 처리해야
하는가에 대한 우선순위가 바뀐다는 뜻이다. 이 욕망은 서로
대체될 수 있는 것이 아니다.(꼭 육아가 아니더라도 여러 욕망들이
우리가 살아가는 동안 위아래로 순서를 바꾸며 괴롭게 만들 것이다.)
직장 생활이 너무 고되었던 누군가는 육아휴직을 하고 도리어
살 만하다고 말하기도 하고, 육아 때문에 지나치게 고립된
생활을 해야 했던 누군가는 성인과 지적인 대화를 하는 것이
가장 그리웠다고 말한다. 한 가지 분명한 사실은 어느 쪽이든
치우친 상태가 계속된다면 견디기 어렵다는 것이며 저마다
주기나 기간은 다 다르겠지만 상황은 어떤 식으로든 다시 바뀔
수 있다는 것이다.

　　그래서 이 시기엔 어느 쪽이 더 나은지, 옳은지를 따지는
것은 소모적 논쟁에 불과할지도 모른다. 욕망이 불균형한
상태로 오랫동안 지속된다는 것이 문제의 핵심이다. 나는
언젠가부터 이분법적인 구분과 판단만으로는 어떤 문제를

전
유진

전혀 해결할 수 없다는 생각이 들기 시작했다. 어떤 문제를 분석하는 단계까지는 괜찮은데 해결을 모색하는 과정에선 이분법은 빠져나올 수 없는 덫이 되곤 한다. 만약 내 삶이 불균형하다면 균형과 불균형에 대한 정의를 다시 내려보는 것으로 문제 자체를 비틀어버리면 어떨까. 그 두 갈래의 구조를 뒤흔드는 방식으로 문제에 문제를 제기하는 것이다. 예를 들어 불균형에 대한 기준값(threshold)을 바꿔버릴 수 있다. 불균형의 기준값을 확 높이게 되면 어지간한 작은 불균형쯤은 초월해버릴 수 있게 된다. 절대적으로 일할 시간이 부족한 상황에, 물리적인 공간이 없는 정도는 그다지 문제가 아닌 것이다. 이 또한 내 개인의 정신 승리, 초긍정의 성향으로 해석될 수 있겠지만 사전 맥락이 그리 밝지만은 않다. 부재함이 전제된다는 것에 필연적인 서글픔이 있고, 포기에 가까운 타협이 있다. 일련의 침입은 사실 내 욕망에 대한 일련의 포기이기도 하다.

그래서 나는 이 모든 것이 당연하다고 여겨질 때 가장 억울하고 섭섭하다. 내 책상이, 내 자리가 사라진 사실이 섭섭한 게 아니라 사라진 것에 적응해버린 내 마음의 변화를 당연하다고 여길 때 그렇게 서운할 수가 없다. 내게 벌어진 이 변화에 대해 '다 그런 거야.'라고 일축해버릴 때 울컥한다. 엄마를 '당연히 사과를 (껍질이 안 끊기게) 잘 깎아야 하는 사람'이 아니라, '한때 칼을 어떻게 쥐어야 하는 줄도 몰랐지만 사과 껍질을 잘 깎게 된, 변화된 인간'으로 봐줬으면. 나도 내 엄마를 떠올리며, 엄마니까 당연하다고만 여겼던 것들에 대해 반성한다. 내 엄마도 엄마가 되기까지 얼마나 많은 노력과 변화의 과정을 거쳤던 것일까? 어떤 이는 나와 다르게 사라진 것에 대한 회복을 갈망하는 방식으로 삶을 견뎌내기도 한다. 부재를 다시 채우려는 마음과 되찾으려는 노력을 두고 '엄마가 되었으면 내려놔야지.'라고 쉽게 말하는 모습을 볼 때도 나는 무척 화가 난다.

출산과 육아를 하는 것에 관해 당사자가 아니면 그 어떤 말도 보태지 말자, 마치 무소불위의 권력처럼 생각하자는 말이 아니다. 육아란 스스로조차 납득하기 어려운 변화의 과정이며, 때로는 그 선택을 후회하기도 하고, 때로는 그 선택을 지키기 위해 고군분투하고 있는 과정이라는 사실에 대해 최소한의 사회적 공감을 원한다. 이 공감이 전제되는 순간, 육아에 관한 사회의 여러 문제와 갈등은 더 이상 문제로 성립조차 되지 않을 수 있다. 또 성교육을 통해서든 다른 무엇을 통해서든 사람들이 출산과 육아에 대해 성별을 불문하고 어릴 때부터 좀 더 자세히 배울 수 있기를 바란다. 육아를 하면서 '이 정도일 줄, 이런 것일 줄 정말 몰랐다.'는 감정이 자주 드는 것이 사실이다. 자발적으로 선택한 당사자부터가 그런 생각이 드는데, 겪어보지 않은 이들이 잘 이해할 수 없는 것은 당연하다. 이 과정을 먼저 겪은 어른들은 '지나고 보면 다 알게 될 것'

혹은 '그건 겪어봐야만 아는 것'이라며 알쏭달쏭한 말을 자주 늘어놓았다. 정말 힘들 때 그 말을 다시 곱씹어보면 문맥이 거의 '저주'에 가깝게 느껴졌다. 어떤 해결도 위로도 되지 않는 무책임한 변명이었다. 물론 발화조차 힘들었을 위 세대의 삶을 그려보면 그들의 빈약한 표현이 일면 이해가 되기도 한다. 하지만 그게 뭔지 제대로 잘 알려주지도 않았으면서 무조건 결혼해라, 무조건 낳으라고 하는 건 정말 최악이다. 앞으로 이 사회에서 출산과 육아의 과정이 이보다 건설적이려면(물론 무엇이 '건설적'인지에 대한 논의가 선행되어야 하겠지만), 우리가 듣지 못했던 것, 배우지 못했던 것에 대해 이전과는 다른 방식으로 말해야 한다. 좀더 솔직하고 좀더 적나라하며 저마다 다른 기록들이 필요하다.

스스로와 연대하는 법을 배우기

고난과 역경을 극복하여 성공에 이르는 영웅담은 육아에 어울리지 않는다. 육아의 서사는 그리 단순하지 않으며, 단순해서도 안 된다. 그런 맥락에서 일과 육아에 모두 성공했다는 알파 우먼에 대한 기사를 그만 보고 싶다. 아무리 사연을 미화해도 그 삶에 있었을 온갖 고통이 다 읽혀 괴롭다.

사실 내게 가장 필요했던 것은 롤모델도 아니고 타인의 위로도 아니고 스스로와 연대하는 법을 배우는 것이었다. 비록 조금은 자기기만적일지라도 스스로와 연대하고 스스로를 돌보는 마음이 다른 무엇보다 큰 도움이 되었기 때문이다. 지금도 여전히 잘 되지 않고 계속해서 노력이 필요하다. 그래, 모순을 끌어안지 못하는 것에 대해서도 나 자신을 괴롭히지 말자. 안 그래도 (엄마라는 이유로) 비난받을 일투성이인 세상에서 나까지 나를 비난한다면 어찌 견디겠는가. 누군가를 설득하거나, 무엇을 권유하기 위해 쓴 글이 아닌데도 거의 십계명 수준으로 하고 싶었던 말을 쏟아낸 게 아닌가 싶다. 다소 민망해진 마음을 추스르기 위해 이 글에서도 절대 해법을 찾으려 애쓰지 말아달라는 당부를 덧붙인다. 무엇보다 자신에게 집중하고 자신의 이야기를 더 많이 만드시길. 바람을 담아.

전
유진

전유진

──────

내가 무엇을 하는 사람인지 여전히 잘 모르겠다. 확실한 것은 늘 하고 싶은 것이 많아 어느 시기든 새로운 것에 몰두해 있었다는 사실이다. 배우고 시도하는 시기가 언젠가 끝이 나겠지, 저러다 말겠지, 한때는 나도 주변도 생각했지만, 내 삶이 끝나지 않는 한 도전도 끝나지 않는다는 사실을 깨달았다. 그래서 더 당당히, 더 알차게 즐기기로 결심했다. 특히 30대 초반에 희귀병에 걸려 삶의 덧없음을 통감하고 절대 안 하겠다던 결혼도, 육아도 어디 한번 해보자 하는 마음으로 저질렀다. 후회를 한 순간도 안 한다면 거짓말이지만 후회하기엔 또 시간이 아깝다고 합리화와 달래기를 오간다.

20대에 영화음악으로 창작을 시작했고, 지난 10년간은 설치 위주의 전시와 장르 경계 없는 실험 공연을 만들었다. 2013년에 '물속의 물'이라는 첫 번째 개인전을, 2021년에 두 번째 개인전 '안티바디와 싸이킥에너지'를 열었다. 한때는 영화를 함께 만들었던 동료이자 남편 홍민기 작가와 서울익스프레스라는 팀을 결성하고 「언랭귀지드 서울」, 「인더스트리얼 퍼포먼스」 등 서사를 실험하는 다원예술 공연을 발표했다. 2017년부터는 '여성을 위한 열린 기술랩(WOMAN OPEN TECH LAB)'을 세우고 기술과 페미니즘의 결합을 다양한 방식으로 모색하는 교육과 커뮤니티 활동에 주목하고 있다.

womanopentechlab.kr
seoulexpress.kr

박
재연

여러 세계를 연결하며
살아가기

미술사
연구자

그렇게 나는 교수가 되었다

2020년 5월 20일 오후 4시 30분, A대학 신임 교원 총장 면접 대상자였던 나는 바지에 묻은 얼룩을 감추려 애를 쓰면서, 총장님 포함 일곱 명의 면접 위원들 앞에 어색하게 앉아 있었다.

박사 며느리를 그렇게나 자랑스러워하시며 아이들은 물론 나까지 라이드를 해주시던 시아버님이 한 달 전 갑작스럽게 뇌출혈로 쓰러지셨고, 시어머님은 정신을 추스를 틈도 없이 간병을 자처하시며 대학병원 중환자실에 들어가 계신 상황이었다. 아버님에 대한 걱정과 염려, 아이들 '케어'를 도와주시던 두 분의 공백, 그리고 내 인생에서 가장 중요한 (것처럼 여겨지던) 과업의 마지막 관문. 경황이 없기야 나도 마찬가지였지만, 생업이니 무거운 발걸음으로 출근을 했다가 저녁이면 근심걱정을 한가득 이고 돌아오는 남편에게 다정하고 따듯한 위로와 함께 냉철하고 현실적인 솔루션을 건네야 하는 것도 내 몫이었다.

코로나와 함께 찾아온 2020년 봄, 전 세계가 우왕좌왕했고, 나의 일과 가정은 양립은커녕 모든 것이 우당탕탕 마구 흔들렸다. 지난한 서류 심사와 공개 강의를 마치고 총장 면접까지 이어지는 임용 심사 과정은 문자 그대로 일련의 게임 미션 같았고, 파이널 스테이지 시간은 꼭 누가 일부러 그런 것처럼 아이들 하원과 완벽하게 겹쳤다. 큰아이 친구 엄마, 둘째 아이 미술학원 선생님, 동네 한솥도시락 사장님의 도움으로, 또 어떻게 솟아날 구멍을 찾았다. 총장 면접을 앞두고 둘째 미술학원 앞 골목에 차를 댄 채 아이에게 "빨리빨리 천천히 얼른 꼭꼭" 먹으라며 돈가스를 들이밀었다. 그러다가 하늘색 정장 바지에 소스가 떨어졌지만, 물티슈로 문지르니 더 이상한 얼룩이 되어버렸지만, 면접을 걱정할 여력도 없어 '이 얼룩 때문에 붙을 사람이 떨어지고 떨어질 사람이 붙겠냐.'라는 주문을 외며 그렇게 액셀을 밟았다.

긴장감과 패기, 여유와 의지를 자연스럽게 버무린 표정으로 차분하게 답변을 이어가던 내게 누구나 예상 가능한 마지막 질문이 던져졌다. "어떤 교수가 되고 싶은가?" "셰르파 같은 교수가 되고 싶습니다. 잘 아는 길이지만 앞서 나가지 않고, 먼 길이지만 '거의 다 왔으니 힘내자.'는 응원을 보내기도 하고, 험한 길이니 짐을 좀 나눠서 지기도 하는, 학생들 앞이 아닌 옆에 서 있는 그런 교수가 되겠습니다." 육아에 대한 그간의 개똥철학을 좀 끼얹은 답이기도 했는데, 한없이 오글거리는 대사에 감동이라도 받으셨던 걸까. 그렇게 나는 교수가 되었다.

　　감격의 외마디 비명과 함께 엄마에게 합격 통보 소식을 전하면서 알게 된 사실. 엄마도 갑자기 쓰러져서 며칠간 병원 신세를 지셨다는 것, 내가 신경 쓸까 봐 아빠 입단속을 시키셨다는 것. 그렇게 나는 교수가 되었다.

나는 '교수' 엄마다

대한민국에서 교수는 본인이 생각하던 것 혹은 원했던 것 이상으로 많은 권위를 누리는 직업이다. 교수라는 단어에는 -사, -수, -가 같은 직업 접미사도 붙지 않고, 한자만 놓고 보면 '가르쳐주는 사람'이라는 기능적인 의미밖에 들어 있지 않지만, '-님'자와 만나 휘뚜루마뚜루 지칭이자 호칭으로 쓰이는, 직군인 동시에 지위이기도 한 꽤나 독특한 직업이다. 아마 '목사(님)' 정도가 이런 독특함을 공유하는 직업이 아닐까 싶다. 시간을 자유롭게 쓸 수 있으며, 1년에 방학이 두 번이나 있고,

박
재연

사회생활 스트레스가 상대적으로 적고……. '아유, 여자가 애 키우면서 하기에는 그만한 게 없다.'는 직업이기도 하다. 풀타임 워킹맘에게도, '전업맘'에게도 각기 다른 이유로 '교수' 엄마가 부러운 포인트들이 있을 게다. 그 속내를 모르지 않기에 맞아, '애 키우면서 하기에는' 최고지 하고 매일 자족과 자위 사이를 오간다.

지난 5월, 미술학원에서 가족을 주제로 수업을 하고 온 여덟 살 둘째 아이의 작품 속 엄마 옆에는 노트북이 그려져 있었고, 삐뚤삐뚤한 글씨로 쓴 '엄마는 컴퓨터를 잘해요.'라는 설명이 덧붙여져 있었다. 컴퓨터를 잘한다니, 컴퓨터를 많이 한다는 거겠지? 7월 8일이 예정일이었던 둘째는 엄마를 얼른 만나고 싶었는지 일주일이나 먼저 세상에 나왔다. 큰아이 생일이 7월 6일이니, 둘 다 방학 땡 하면 낳고 백일 동안 수유하고 다시 학교로 복귀하려는, 지금 생각하면 무모하기 그지없는 계획의 산물인 셈이다.(그런데 그것이 실제로 일어났다.) 박사 3년차 여름 방학이 시작되자마자 태어난 둘째에게 가장 익숙한 엄마는 논문이라는 말을 입에 달고 살면서 안경을 쓰고 인상도 쓴 채 노트북을 껴안고 있는 모습이겠다 싶기도 해서 피식 웃음이 나왔다.

아이들 친구 엄마 모임에서 나는 일하는 엄마가 되기도 하고, 별일 안 하는 엄마가 되기도 한다. 언뜻 보기에는 어디 매인 몸처럼 보이지 않지만, 그렇다고 커피 모임에 자주

나오지는 못하는 엄마. 노트북과 보조 배터리를 분신처럼
여기며 생명수마냥 와이파이를 찾아 헤매는 엄마. 학교 포털의
실적 입력란은 강의/연구/봉사라는 세 구획으로 나뉘어 있다.
자유롭고 유연한 리듬으로 명확하게 구획이 나누어진 각
항목의 최소 기준만 충족하면 물 흐르는 듯이 승진도 승격도
가능할 것처럼 보이지만, 숨 돌릴 만하면 하늘에서는 행정 일이
떨어지고 땅에서는 프로젝트가 솟는 업무의 바다다. 정해진
출퇴근 시간도, 확실한 업무 분장도, 깔끔한 인수인계나
안정적인 아웃소싱도 불가능한 것이 꼭 집안을 돌보거나
아이를 키우는 일과 참 많이 닮았다.

나는 '엄마' 교수다

2019년 2학기. 다섯 살, 여덟 살 아이를 둔 3년차 시간 강사였던
나는 슬슬 임용을 준비하기 시작했다. 쓸 만한 노하우도 얻고,
괜히 엄살도 부려보고, 격려도 받고 싶은 마음에 여기저기
선배들을 찾아다녔다. 다들 긍정적으로 응원을 해주셨는데,
한 미대 교수님의 조언이 여러 가지 의미에서 유독 신선했다.
대단한 건 없지만 아이 둘을 낳고 키우며 나름 공백 없이
채워온 연구자로서의 내 커리어—논문과 학회 발표, 강의
경력 등—에 대한 진지한 고민을 토로하자, '우리' 박 선생님은

박
재연

'남자 선생님들'이 느끼기에 부담 없고 편한 동료 교수 스타일이시라는 예상치 못한 내용의 격려로 화답을 해주신 것이다. 기혼 유자녀 여성 교수는 그렇지 않은 여성 교수에 비해 덜 까칠하고, 더 자애로울 것이라고 여긴다는 이야기였다.

당시에는 '이 분이 유독 별스런 마인드의 소유자구나. 어쨌거나 칭찬해주신 거지 뭐.' 하고 넘어갔지만 임용 후에도 다양한 맥락에서 '엄마' 교수에 대한 근거 없는 기대와 평가를 자주 마주하게 되었다. 엄마 교수는 맞지만 엄마 (같은) 교수는 아닌데……. 학부생 현장실습 날, 다른 (남성) 교수님들이 늦게 오시는 바람에 엉겁결에 학생들 인솔을 맡게 되었다. 늦게 오신 교수님들 중 한 분께서 "박 선생님, 학생들이랑 그렇게 있으니까 정말 엄마 같아."라고 해맑게 말씀을 하신 것도 기억이 나고, 입학사정관 모의면접을 마치고 나자 무려 담당 팀장님께서 "역시 여자 교수님이시라 친절하게 잘 대해주신다. 아이를 키우셔서인지 학생들을 편하게 해주신다."라는 코멘트를 공개적으로 남기신 것도 상당히 인상적인 경험이었다.

이런 유의 잔잔한 에피소드들이야 차고 넘치지만, 현재 내가 가진 가장 큰 답답함과 외로움은 조금 다른 부분에 기인한다. 첫째, 일상의 가시권에 유사한 모델이 없다는 것, 둘째, 마주하는 매일의 고민이 자칫 배부른 투정으로 보일 수도 있다는 것, 셋째, 일상의 고민이 쌓이고 쌓여 오지 않은 미래의 내 발목을 잡을까 두렵다는 것이다. 실제로 우리 학교 인문대의 경우 여자 교수님들의 비율은 결코 낮다고 할 수 없지만, 아직 어린 아이들을 키우는 양육자 여성 교수는 단대 전체를 통틀어 나 하나다. '엄마' 정체성과 '교수' 정체성이 충돌하는 아주 보통의 나날들. 어떻게 하면 좋을지 아직은 잘 모르겠다.

보통의 교수/엄마 되기

내가 지고 있는 고민이 일반적이지 않다는 생각이 들 때마다 동지들을 찾아 가상공간을 헤맨다. 비슷한 상황에 놓인 여러 사람들의 한탄과 자랑을 통해 내가 속한 생태계 전반의 분위기를 살피고 싶은 마음도 있다. 물론 다른 많은 곳과 마찬가지로, 학계라고 하는 곳의 젠더 갈등 역시 매우 복잡하고 어지럽게 얽혀 있고, 언제나 그렇듯이 차별은 미묘하고 비가시적인 방식으로 작동한다. 번아웃과 오버플로의 쳇바퀴를 돌다, 가벼운 마음으로 들어간 온라인 커뮤니티에서 우연히 보게 된 게시글에 순간 심장이 서늘해졌다. "애 엄마 연구자들 애 없으면 노벨상이라도 탈 것처럼 징징대는 거 진짜 짜증." 아닌데, 그런 건 정말 아닌데. 그렇게 보일 수도 있는 건가? 공공연한 자리에서는

박
재연

아이 이야기를 삼가고, 애가 없거나 애를 '키울 필요'가 없는
사람들보다 더 오버해서 능력을 증빙하는 것 말고는 정말
방법이 없는 건가?

과는 다르지만 같은 인문대 교수님들 몇 분과 식사를
마치고 커피숍으로 이동하면서 자연스럽게 한 여자 교수님과
함께 이야기를 나누게 되었다. 이야기는 처음 나누어보는
사이인데도 편하게 대해주셔서 나도 모르게 빗장이 풀렸는지,
아이 둘을 키우며 학교생활을 하는 것의 애매한 어려움에
대해 털어놓았다. "애들이"라고 운을 띄우자마자 복잡한
표정을 짓기 시작하신 교수님께서는 작년에 막내가 대학에
입학하면서 드디어 '남자 교수들처럼' 살 수 있게 되었다고
말씀하셨다. 그리고 그렇게 '남자 교수'로 1년을 살아보니,
(이 대목에서 흘깃 뒤를 돌아보며 뒤따라오던 남자 교수님들의 보폭을
확인하셨고) "대체 왜 연구를 저것밖에 못하고들 사는지, 하루가
이렇게 긴데!"라며, 방금 먹은 점심이 바로 소화가 되게 만드는
기적을 행하셨다.

시간 강사 시절, 서울에 있는 여자대학에 강의를 나갔었다.
해당 학과 연구 센터에서 프로젝트도 여럿 담당하던 시절이라
나보다 여덟 살, 열 살 정도 어린 대학원생 친구들과 부대끼며
직장 생활 비슷하게 2년여를 보냈다. 순전히 나이가 많고 먼저
학위를 했다는 이유였겠지만, 20대 후반 친구들의 고민도
들어주고 논문도 봐주면서 이런저런 이야기도 많이 하고

나름 재미나게 지냈다. '박사님, 박사님' 하면서 질문도 해주고 조언도 구해주니 여러모로 애매한 상황에 자존감이 낮아져 있던 내게는 꽤 감사한 날들이었다.(일 잘하고 똑 부러지는 멋진 언니로 보이고 싶었던 마음도 없었다면 거짓말이고.)

　　오후 3시경이 되면 아이들 생각에 똥 마려운 강아지처럼 낑낑대거나 정신없이 문자 그대로 동동거리며 다니는 내 모습이 괜히 머쓱해서 부러 자조적으로 '결혼하지 말아요. 애 낳으면 나처럼 돼.'라고 쿨한 척 내뱉곤 했다. 어느 날 저녁, 보고회를 마치고 귀갓길에 함께 차를 탄 석사과정 학생이 아주 조심스럽게 물었다. "박사님, 결혼하고 아이를 가져도 계속 공부할 수 있겠지요?" 뭐라고 답을 했는지는 기억이 잘 나지 않는다. 아마 대충 얼버무리고 말았던 것 같은데, 그 친구는 얼마 안 있어 석사 수료 상태로 결혼을 했고, 센터도 그만두어 다시 만나지 못했다. 다시 만나면, 과연 나는 어떤 대답을 해줄 수 있을까.

엄마라서 뜰 수 있었던
또 다른 눈

전공 범위도 넓고 여러 가지 성격과 주제의 일들을 넘나드는 무규칙 이종 지식 노동자지만, 내 최종 학위는 미술사학

박사다. 미술과 역사에 대한 이야기를 지나치게 좋아하고, 더 많은 사람들과 미술 이야기를 나누고 싶어 매일 읽고, 쓰고, 말한다. 물론 누가 프로필을 요청하면 괜한 겉멋에 '○○대학교 교수'보다 '미술사 연구자'라는 타이틀을 먼저 써서 내밀기도 한다. 꽤 오랫동안 그림은 내게 누군가의 영감과 재능의 산물이자 이 시대, 저 사회의 문화를 표상하는 기표였다. 하지만 엄마가 되고 나서 그림에 대한 나의 태도가 조금은 바뀌었다는 생각이 든다.

미술사 공부를 머리로 하던 시절, 내게 그림은 철저하게 분석하고 연구해야 하는 대상이었다면, 엄마가 된 후 자의 반 타의 반으로 무언가를 내려놓는 일에 익숙해지면서 그림은 세상에 대한 관심과 타인에 대한 공감의 촉매가 되었다. 아이들과 함께 뮤지엄을 다니고, 전시를 보고, 무수한 이미지를 읽어내면서 어떤 것이 세상에 나올 때까지의 일, 세상에 나온 후 유기체로서 삶을 얻어 살아가는 과정 같은 것들을 살핀다. 그렇게 더 많은 이야기를 캐내고, 퍼 올린다. 이야기를 발견하는 일은 깊은 공감의 과정이자 나를 찾는 여정인지라, 그렇게 이야기는 그림 액자 밖으로 흘러나와 다른 이야기들과 만난다.

누구 말마따나 연구는 직업이라기보다 열정의 한 종류 혹은 삶의 어떤 태도에 가까운 것일지도 모른다. 대한민국의 박물관은 내가 다 짓겠다는 기세로 여러 개의 정책 연구

보고서를 쓰다 보면 열정은 개뿔, 번지르르한 밥벌이일 뿐이지 싶을 때도 있지만. 대부분 뮤지엄과 관련된 프로젝트다 보니, 일인지 취미인지 모르겠는 리듬으로 뮤지엄을 나다닌다. 희한하게도 엄마 연구자인 내 눈에는 유아차 보관 공간, 전시 진열대의 높이, 작품 패널의 설명 같은, 동반한 동료 연구자들에게는 보이지 않는 것들이 쏙쏙 들어온다. 아이를 낳고 키우면서 커져가는, 돌보는 존재에 대한 관심은 정책과 담론 바깥으로 밀려난 누군가의 목소리를 듣고자 하는 시도로 이어진다. 매 순간순간, 돌보는 존재를 세상과 연결하며 끊임없이 번역과 번안을 해내는 어떤 이들. 엄마라서 뜰 수 있었던 또 다른 눈에 감사하며 내 몫의 밭을 가는 하루하루가 이어진다.

‘교수’ 엄마나 ‘엄마’ 교수가 아닌
교수/엄마

숭숭 뚫린 구멍을 메우듯 간신히 짜놓은 아이들의 일과, 한 번쯤은 넘어가면 안 되나 싶은 매일의 끼니, 내 의지와는 상관없이 한 번씩 터지는 돌발 상황……. 규칙적인 듯 유동적이고 즉흥적인 주니어 교수의 시간표가 톱니바퀴처럼 맞물려 돌아간다. 일상의 순간들이 만들어내는 불협화음이

영혼의 균열로 이어지지 않도록 라이드 틈틈이 글러브박스에
넣어둔 수첩을 꺼내 할 일을 적어가며 머리를 정리하거나
짧게 스쳐지나가는 글감을 끼적인다. 완독과 정독을 목표로
하지만 언제나 발췌독과 통독으로 끝내고 마는 책들도 한두 권
부적처럼 끼고 다니면서.

　　어떤 일을 하든 간에 돌봄과 일 사이에서 균형감각을
찾는 것은 분명 쉬운 일이 아니다. 아니, 어쩌면 도달 불가능한
신기루 같은 것일지도 모른다. 그럼에도 더 진한 농도의
정성으로 아이를 돌보고 싶은 일상적인 충동을 억누르며
폭발적인 집중력으로 일하는 법을 깨쳐간다. 걸핏하면 불쑥
고개를 들어 나를 좀먹는 죄책감에서 벗어나기 위해 모든 것이
완벽할 수 없다는 사실에 동의하는 법도 조금씩 배워간다.
밥을 지으면서도 글을 지을 수 있음을, 돌봄의 영역 바깥에서
나를 실현할 권리를 주장하는 것이 아이들을 사랑한다는
사실과 어긋나는 것이 아님을 더 많은 사람들에게 보여주고
싶기 때문이다.

　　일상적으로 누군가를 돌보고 무언가를 만들어내는 일을
10년 동안 해오면서 무엇보다 중요한 것은 아이들이 엄마의
일에 대해 스스로 깨닫게 하는 것이 아닐까라는 생각을 한다.
진짜 내가 내 일에 관심과 애정이 있다면, 굳이 내 일의 가치를
증명하려 아등바등 애쓰지 않아도, 아이들도 어떤 불꽃에
이끌려 각자의 소명을 찾지 않을까 하는 자기 암시에 가까운

믿음일 수도 있지만 말이다.

　둘째 아이가 올해 초등학교에 들어갔으니, 이 아이가 법적 성인이 되기까지 적어도 앞으로 10년은 더 주변에 부탁하고 사과하고 감사하는 날들을 보내야 할 것이다. 앞으로는 내 상황과 기분을 공유하며 공감을 구하는 일을 더 적극적으로 해보겠다는 다짐을 하며 보통의 교수/엄마 되기라는 미션 리스트를 만들어본다. 내 상황에 대해 정확하고 가감 없이 이야기하기, 나 자신의 야심과 한계를 재평가하기, 실수하는 자신을 인정하기, 그렇게 타협도 하고 쌈박질도 하고 흥분도 하고, 화해도 두루두루 다 하면서 지내기.

　어쩔 수 없이 버티거나 시간을 때우는 것이 아니라 여러 세계를 연결하며 그렇게 삶을 이어가고 싶으니까.

박
재연

박재연

다양한 자리와 매체를 통해 예술의 의미와 효용에 대해 쓰고 말하는 사람이다. 욕심도 많고 자기애도 강해 돌보고 키우는 일에는 소질도 적성도 없다고 여겨왔는데 생각보다 아이를 키우는 일에 기대 이상의 재미와 의미를 느껴 스스로에게 놀랐다. 서른의 나이에 박사과정을 시작하면서 큰아이를 낳았고 3년간의 코스워크를 마치고 둘째 아이를 낳았다. '외국인/학생/엄마'라는 애매한 신분이었지만 임신과 출산, 육아에 대해 기본적으로 유연하고 협력적인 마인드를 장착한 프랑스 사회에서 큰 스트레스 없이 자연스레 돌봄의 길로 들어섰다.

학위를 마친 후 다섯 살, 두 살 아이와 함께 한국에 돌아와 당혹스럽고 막막한 여러 순간들을 마주하면서, 명확하게 구별되지 않는 작업과 돌봄의 경계에서 흔들리며 일상적인 좌절과 대상 없는 울분에 몸부림치는 시간을 보냈다. 2020년 가을부터 아주대학교 문화콘텐츠학과에서 학생들을 가르치며 하루에도 몇 번씩 물리적으로, 또 심정적으로 이곳저곳을 오간다. 진짜 나를 찾아가는 이야기, 숨겨진 목소리를 찾아가는 이야기에 관심이 많아 이런 메시지를 담은 좋은 책들을 꾸준히 우리말로 옮기고 있다. 정신없이 동동거리며 지내는 매일이지만 결국은 이러한 동동거림이 여러 세계를 연결하리라 믿는다.

148

엄
지혜

돌봄 노동을 대하는
태도가 말해주는 것

인터뷰어

평범한 결혼과 출산 안에도
복잡함이 있다

중학생 시절, 100문 100답 앙케이트가 유행이었다. 100가지
질문을 쓴 공책을 친구들끼리 돌려 보며 답을 적는 놀이.
내 이름이 가장 많이 호명된 질문은 "사돈으로 삼고 싶은
친구"였다. 신기했다. 왜 친구들은 나를 사돈으로 삼고
싶었을까? 금수저로 태어난 인생도 아닌데. 아무에게도
이유를 묻지 않았지만 '내가 아이를 잘 키울 것 같나?' 하는
일말의 기대감을 품게 했다.
　　스물아홉 살 가을. 서른에 결혼을 하고 싶었다는 남편과
결혼했다. 1년 반 동안 연애하며 내가 발견한 남편의 장점은
일단 투명한 사람이라는 것이었다. 연애 기간 동안 거짓말을

한 번도 안 하지는 않았겠지만, 굳이 속내를 캘 필요가 없는,
「무한도전」재방송을 다섯 번도 넘게 보며 끊임없이 웃을
수 있는 공대생은 남편 역할을 무난히 수행할 것 같았다.
그리고 우리는 세상이 말하는 결혼 적령기에 만났다. 이렇게
평범한 부부가 탄생했고 신혼 3년을 마칠 즈음, 우리는
부모가 됐다.

　　임신 초기부터 막달까지 나는 이명을 달고 살았다.
출근하기 위해 지하철을 타는 순간, 귀에서는 '윙윙' 벌 소리가
들렸고 누군가와 대화를 시작하면 상대의 목소리가 몇 겹으로
들렸다. 임신 전에는 한 번도 겪어보지 못했던 증상이다.
이명으로 유명한 한의원에서 온갖 검사를 했는데 임신 중이라
약을 권하지 않았다. 출산과 동시에 이명은 사라졌다.

　　열 시간 진통 끝에 아들을 낳았다. 무통 주사는 효과가
없었고 간호사가 침대 위로 올라와 내 배를 힘껏 눌렀을 때
아이의 머리가 보였다. 나는 아들을 낳고 싶었다. 대한민국에서
여성으로 산다는 것은 쉽지 않은 일이기에, 딸을 키운다는
것은 더 불안한 일이기에. 나는 조용히 아들을 원했고
남자아이라는 사실을 알게 된 날, 때 이른 수박을 한 통 사와
혼자 열심히 퍼먹었다. 아들 소식을 전하자 가장 기뻐한 사람은
엄마였다. "엄마가 못 낳은 아들을 우리 두 딸은 낳는구나.
기특하고 대견하다."라는 말을 듣고는 만감이 교차했다.
엄마는 나를 품었을 때 태몽으로 호랑이 꿈을 꾸었고,

산부인과에서 나를 낳았을 때 분명히 음경을 보았다는
이야기를 나의 유년 시절 내내 읊었다. 아, 내가 딸인 걸 알고는
아빠가 산부인과에 어떤 선물도 사오지 않았다는 이야기는
서른 번 넘게 들었다. 하지만 신기하게도 아빠는 아들 없는
아쉬움을 내 앞에서 표현한 적이 단 한 번도 없다.

죄책감과 함께 시작된
손주 육아

출산휴가 3개월, 육아휴직 3개월을 쉬고 복직했다. 1년까지
휴직할 수 있었지만 지금의 회사로 이직한 지 얼마 지나지
않았던 때였다. 육아휴직을 12개월까지 쓰는 동료, 상사도
거의 없었다. 자신의 노후에 손주 육아를 상상해보지
않았던 친정엄마에게 눈물을 훌쩍이며 부탁했다. 내 아이 잘
키우겠다고 내 커리어를 잃지 않겠다고, 엄마의 일상을 내가
바꿔버렸다. 다행스럽게도 아이는 순한 편이었다. 15개월이
되었을 때 아파트 앞 어린이집을 보내기 시작했고, 퇴직 후
고등학교 보안관 선생님으로 봉사하며 이른 오후에 퇴근하는
친정아빠가 손주를 살뜰하게 보살펴줬다. 친정 부모님과
육아 트러블은 거의 없었다. 나는 조부모에게 육아를 맡길 때,
부모가 살펴야 할 태도를 매일 주기도문처럼 외웠다. "아이에게

해주고 싶은 것을 조부모에게 먼저 해줘라. 그러면 조부모가
힘을 내서 아이를 돌볼 힘을 얻는다. 아이의 안부를 묻기 전에
조부모의 안부를 먼저 물어라. 지금 이 순간 아이를 돌보고
있는 건 당신이 아니라 조부모다.”

　오후 6시 정각, 정확히 칼퇴근을 했고 아이의 목욕을
조부모에게 맡기지 않고 이유식은 반드시 미리 만들어놓았다.
사생활은 일찌감치 버렸다. 친구 모임, 문화생활은 끊은 지
오래. 서럽지 않았고 부모로서 당연한 일이라고 생각했다.
친정엄마는 손주 육아를 처음부터 흔쾌히 받아들인 경우가
아니었다. 청년기 내내 “너희 아이는 너희가 봐라.”라는 말을
줄기차게 듣고 자랐기 때문에 엄청난 죄책감을 품고 손주
육아를 부탁했다. 아이의 24시간을 함께하지 못하는 엄마라서
아이에게 미안한 적은 많지 않았는데 오히려 친정엄마에게는
죄스러웠다. 편안하게 노후를 즐겨야 할 시기를 내가 빼앗은 것
같아서. 엄마는 손주를 키우는 보람을 느낀다며 부담을 주지
않았지만, 같은 여성으로서 미안했다. 돌봄을 끝낸 시기에 또
다른 돌봄을 시작하게 만든 당사자가 나라서.

　아이가 두 돌이 지날 무렵, 심리서를 펴낸 정신과
전문의이자 정신분석학 전문가를 인터뷰했다. 친정엄마에
대한 죄책감이 한창일 때 그는 “자식이 부모에게 신세를 질
때가 있고, 부모가 또 자식에게 신세를 질 때가 있어요. 그때
잘하시면 돼요.”라며 인터뷰 도중 훌쩍이는 나를 위로했다.

육아서를 펴낸 소아정신과 전문의는 "아이에게 엄마 손이
필요한 시기가 생각보다 길지 않아요."라는 말로 용기를 줬고
또 다른 정신건강의학과 교수는 "완벽한 부모야말로 최고의
재앙"이라며 나의 양육 부담감을 덜어주었다.

　　가끔 반차를 쓰고 아이의 유치원 등원을 가면 그 많다는
직장맘들은 어디로 갔는지, 전업맘들이 둘러앉아 수다를
떠는 장면이 늘 목격됐다. 부러운 마음 반, 그렇지 않은 마음
반이었다. 전업맘들이 얼마나 힘든지, 얼마나 할 일이 많은지,
얼마나 마음고생을 하는지 알고 있기 때문이었다. 돌봄
노동에 종사하는 사람들을 두고 누가 더 편하고 힘든가를
평가할 수는 없다. 그것이 이 직업의 어려움 중 하나다.
주변에는 아이를 세 명 이상 낳은 친구들이 여럿 있는데, 나는
그들에게 항상 말한다. "솔직히 너보다 더 대단한 일 하는
사람, 없다고 생각해. 제일 힘든 노동이지. 가장 숭고하고."
직장맘은 그래도 얇은 월급봉투라도 있다. 이름이 적힌
책상도 있고. 혼자 점심을 먹을 수도 있다. 그리고 내가 바깥
활동에서 커리어를 이어가려고 하는 결정적인 이유 중
하나는, 아이는 곧 내 손길이 많이 필요하지 않을 나이가 될
것이고 그 시기가 됐을 때 내가 몹시 서운하고 심심할 것 같기
때문이다.

엄
지혜

돌봄에 대한 질문이
인터뷰이에 대해 알려주는 것

7년 전쯤인가 한 젊은 출판 마케터와 이야기를 나누다 그의
아내 이야기가 나왔다. 나는 그에게 "아내분도 일하세요?"라고
물었고, 그는 즉답했다. "그럼요. 집에서 일하죠." 와,
감탄했다! 세상이 바뀌었구나! 비혼주의자가 아닌 나의 예쁜
후배들이 이런 남성과 결혼해야 하는데! 두고두고 기억나는
에피소드였다.

　다행스럽게도 남편은 자신이 해야 할 가사 활동을 당연히
여기는 사람이었다. 내가 직장에 다니지 않았더라도 이 정도의
가사 활동을 했을진 모르겠지만, "나는 밖에서 일하니까,
집안일은 당연히 당신이 다 해야지."라고 말할 사람은
아니었다. 결혼 1년차부터 나의 신념은 한결같다. "행복한
부부 생활의 핵심은 공평한 가사노동에 있다는 것이다." "내가
더 일을 많이 하는 것 같은데?"라고 생각하는 순간, 부부
사이에는 금이 간다.

직장맘들의 최대 난제는 '죄책감'이다. 직장에서 일도 제대로
못하는 것 같고, 그렇다고 양육에 최선을 다하지도 못하는
것 같고. 둘 중 하나라도 제대로 하는 것이 낫지 않을까?
그런데 과연 내가 직장을 다니지 않으면 양육에 더 열심을

내는 사람일까? 이런 고민이 들 때마다 내 머릿속에는 소설가 조선희가 『정글에선 가끔 하이에나가 된다』에 쓴 문장 하나가 스쳐갔다. "일하는 엄마, 그건 너에게도 좋은 거야." 집에서 하는 일이든 직장에서 하는 일이든, 나는 일을 놓고 싶지 않았다. 바깥에서 하는 일만이 일은 아니었지만 내가 좋아하는 일은 바깥 활동이었다. 책을 읽다가 궁금증이 생긴 저자를 만나 인터뷰하는 일, 그 소중한 경험을 멈추긴 아까웠다.

회사 복귀 후 확실히 쪽팔림, 체면치레가 덜해졌다. 출산의 고통을 겪었기 때문일까? 부끄러운 것도 민망한 일도 확실히 줄었다. 우선순위도 더 뚜렷해졌다. 나는 일을 좋아하는 사람이지만 아이가 엄마를 꼭 필요로 하는 기질이 보인다면 언제든지 회사를 관둘 마음을 먹었다. 나중에 후회하기 싫어서. 다행히도 아이는 나름의 사회생활(어린이집, 유치원, 초등학교)을 무난히 적응했고, 아이가 초등학교에 입학할 무렵 조부모 육아도 마쳤다. 현재 나는 직장맘 9년차의 삶을 살고 있다.

부모가 되기 전이었다면 스쳐 지나쳤을 말들이 마음속에 수시로 박혔다. 인터뷰이가 부모인 경우, 양육에 관한 질문을 빼놓지 않았다. 공감의 진폭은 저절로 커졌다.

아이를 낳기 전까지는 걱정이 참 많았어요. 기껏 외국까지 와서

공부를 하고 있는데 박사학위를 못 따면 어떡하지? 그러면
취직도 못 할 텐데? 그런 걱정이 많았어요. 시골에서 그렇게
환송을 해줬는데 망신을 당하면 어쩌지? 전전긍긍했는데,
아이가 태어나니까 그런 건 부차적인 일이더라고요. 세상에서
성공하느냐 마느냐, 그런 건 전혀 중요한 일로 여겨지지
않았어요. 차원이 다른 행복을 경험했고 매일 희망과 보람을
느꼈어요. 더 이상 두려운 것도 무서운 것도 참을 수 없는 일도
없어졌어요.(정치학자 라종일)*

간단하게 말해 아이를 키운다는 건, 기쁜 건 더 기쁘고 슬픈 건
더 슬퍼지는 일 같다. 감정의 폭이 넓어지고 알지 못했던 감정의
선까지 보게 되는 것 같다. 물론 힘들고 피로해지는 것도 많지만,
감정선이 깊어지다 보니 타인의 삶과 감정에 대해 공감하는 폭이
넓어진다.(소설가 이기호)**

"차원이 다른 행복"이라는 표현은 결코 과장이 아니었다.

* 엄지혜, 「라종일 "사람에게 너무 큰 기대를 하지 말자"」,
   《채널예스》, 2015년 5월 4일, http://ch.yes24.com/
   article/view/27933.
** 엄지혜, 「[커버 스토리] 이기호 "우리는 왜, 웬만해선
   아무렇지 않을까?"」, 《채널예스》, 2016년 5월 2일,
   http://ch.yes24.com/Article/View/30682.

절대적으로 나를 필요로 하는 존재가 있다는 사실은 무한한
책임감을 동반하게 만들었지만 내 삶의 목적을 더욱 단단하게
만들었다. 아이와 남편의 눈을 피해 눈물을 쏟은 기억이
적지 않지만, 아이가 가져다주는 행복에 비할 바가 아니었다.
"싱글이었을 때가 훨씬 자유롭지 않았어요?"라는 질문을
들으면 긍정하는 제스처를 취했지만 진짜 속내는 달랐다.
나는 엄마로서의 삶에 만족했다. 자신보다 더 사랑하는 존재,
목숨을 줘도 아깝지 않은 존재가 있다는 사실이 버겁거나
괴롭지 않았다. 나라는 사람이 누군가를 이토록 아끼고 사랑할
수 있구나, 9년 내내 아이를 향한 콩깍지가 벗겨지지 않은 일이
내게는 더없는 축복이고 기쁨이었다.

다만 경계하는 것은 무조건적인 희생. 나에게도
아이에게도 좋을 리가 없었다. 아무리 훌륭한 부모라도 자식을
위해 포기한 것이 많다면, 언젠가 성토할 가능성이 있다. "내가
어떻게 너를 키웠는데."라는 말을 안 할 자신이 없었기에 최소
한 달에 한 번은 나를 위한 시간을 가졌다. 좋아하는 친구들과
저녁을 먹고 집에 오면 아이에게 넉넉한 미소를 보여줄 수
있었다.

9년 동안 나는 아이에게 크게 화를 낸 적이 없다. "얼마나
아이가 순하길래 화를 안 내고 아이를 키우냐?"라는 물음에는
늘 똑같이 답했다. "스물네 시간을 붙어 있었다면 가능하지
않았겠죠. 하루 종일 유치원에 있다가 네다섯 시간 얼굴을

보는 아이에게 화를 낼 순 없어요. 다정한 말을 나누기만도 바빠요." 직장맘이기에 어쩔 수 없이 갖게 되는 미안한 감정은 서로를 위해 숨겼다. 엄마가 죄책감을 느끼면 아이도 느낄 테니까. 나의 부정적인 기분을 굳이 아이 앞에서 드러내지 않았다.

돌보는 사람들,
생활 감수성이 뛰어난 사람들

부모가 된 후, 나의 시선은 생활 감수성이 뛰어난 사람들에게 집중됐다. 타인에게 더 친절한 사람, 여유가 있는 사람, 젠체하지 않는 사람은 누군가를 돌보고 있는 사람들이었다. 내가 만난 아줌마 직장인들은 상대를 탁월하게 배려할 줄 알았다. 부담스럽지 않게, 하지만 단단하고 너그럽게 상대를 대했다. 아줌마 직장인과 미팅할 때면 보이지 않는 연대가 느껴졌다. '지금 힘드시죠?', '괜찮아요?', '우리 힘내요.', '제가 당신, 일 잘하는 거 알고 있어요.'의 마음을 눈빛으로 전했다. 경력이 단절됐다가 재취업에 성공한 사람을 만나면 내 일처럼 기뻤다. 도와주고 싶은 마음이 절로 들었다. 다만 직급이 올라갈수록 직장맘의 숫자는 확연히 줄었다. 활발하게 일하던 엄마들이 사라질 때마다 나는 쓸쓸해졌다.

사람의 삶은 다 다른 것 같아요. 어떻게든 사회생활을 하고
싶어 하는 엄마들도 있고, 주부로서의 자신, 엄마로서의 나에
굉장히 만족하는 분도 많아요. 어린 시절 엄마에 대한 결핍이
있었던 경우에 아이와 시간을 많이 보내고 싶어 하는 엄마들이
있잖아요. 행복의 절대 요소인 거예요. 그런데 또 결핍이 있어서
그런 것만도 아니에요. 자신의 엄마가 전업주부로 행복하게
사는 모습을 보고 자란 경우, 엄마로서의 자신을 꿈꾸기도 해요.
'엄마로만 사는 것이 행복할 리가 없어.'는 아닌 거예요. 사람은
다 다르니까요.(소설가 정아은)*

정말 사람은 다 다르다. 나는 평생 주부로 산 엄마를 보며
안정감을 느꼈다. 학교에 갔다 집에 왔을 때 언제나 엄마가
있어서 좋았지만, 가정주부 혹은 현모양처를 꿈꿔본 적이
없었다. 아무리 고단하게 출근해도 내 이름이 쓰여진 책상이
필요했고, 나의 답장을 기다리는 수십 통의 메일이 반가웠다.
　얼마 전 팟캐스트를 함께 만드는 동료가 "인생 책이
있냐?"고 물었다. 아무리 생각해봐도 딱 한 권을 꼽긴
어려웠는데, 그럼에도 불구하고 떠오른 책은 조남주의 『82년생
김지영』이었다. 나는 2016년 10월에 나온 이 소설을 출간

*　엄지혜, 「정아은 "집에서 논다는 말, 들어본 적 있나요?"」,
　《채널예스》, 2020년 6월 17일, https://ch.yes24.com/
　Article/View/42055.

직후에 읽었는데, 소설을 읽기 시작하자마자 달아올랐던
얼굴의 감각이 아직도 생생하다. 도저히 끊어 읽기 어려워
세 살배기 아이를 재우고 나서 곧장 완독했고 남편을 불러
부탁했다. "여보, 나를 위해서 이 소설 한 번만 읽어줘."

조남주 소설가는 작가의 말에 이렇게 썼다. "늘 신중하고
정직하게 선택하고, 그 선택에 최선을 다하는 김지영 씨에게
정당한 보상과 응원이 필요하다고 생각합니다. 더 다양한
기회와 선택지가 주어져야 한다고 생각합니다." 너무나 당연한
이야기인데 이 문장이 왜 이렇게 낯설고 반가웠을까. 이 소설이
많은 사람에게 읽히면 좋겠다고 생각했고, 6개월쯤 지나 이
책이 베스트셀러가 됐을 때 무척 놀라웠다. 세상이 달라지려나
기대도 했다.

이건 비단 여성 문제만은 아닐 거예요. 정말 신중하게 정직하게
선택해도 결과가 잘 나오지 않는 세상이잖아요. 이 소설을 쓰면서
자존감이 높아진 부분이 있어요. 제가 일을 그만두고 집에 있는
걸, 내 능력과 열정이 부족해서라고 생각했거든요. 그런데 소설을
쓰면서, '나는 항상 열심히 살았는데 나에게 선택지가 너무 적은
게 아닐까?' 그런 생각이 들었어요. 직장 생활과 가사(육아)를
병행할 수 없는 구조에서 가사노동이 여전히 여성의 책임으로
여겨진다면 여성들은 둘 중 하나를 선택해야겠지요. 수입이
많건 적건 있는 게 중요하다는 생각이 들어요. 이 소설을 쓰면서

들었던 생각 중에 하나인데요. 예전에는 내가 남편의 경제력에 기대고 있다고 생각했는데, 그게 아니고 남편이 나의 가사노동에 기대고 있다는 거예요. 제가 가사 일을 안 하면 남편이 입고 나갈 옷이 있나요? 없잖아요.(웃음)(소설가 조남주)*

그렇다. 나 역시 직장 생활을 하며 작은 에세이를 한 권 썼는데 이 책이 꾸준히 팔리며 자긍심을 얻었다. 그리고 나의 유효한 독자 중에는 젊은 엄마들이 상당수였다. 엄마가 되지 않았더라면 얻지 못했을 경험과 감정이 내 글의 소재가 됐다. 돌봄 노동이 준 또 다른 선물이었다.

식물을 키우든, 반려동물과 함께 살든, 아이를 양육하든 모든 일은 돌봄의 영역 안에 있다. 오로지 내 입을 채우기 위해서가 아닌, 타인을 위해 밥을 짓고 빨래를 하고 청소를 하는 사람은 세상을 보는 시선이 다를 수밖에 없다. 염려와 책임 속에 살아가는 만큼 성숙할 기회는 배가 됐다.

가끔 허세가 정말 심한 사람들을 보잖아요? 잘 살펴보면 원인은 집안일에 있어요. 전혀 안 하는 거죠. 반면에 이름난 작가인데 조금도 거만하지 않은 분들이 계세요. 그분들의 생활을

*   엄지혜, 「조남주 "김지영 씨에게 발언권을 줬으면 해요"」, 《채널예스》, 2016년 11월 16일, http://ch.yes24.com/ Article/View/32091.

엄
지혜

살펴보면 요리도 하고 설거지도 하고 집안일을 잘하세요.
집안일은 일단 타인에 대한 배려가 있어야 하잖아요. 매일매일
해야 하는 일이기도 하고요. 자기가 자기 존재를 떠받드는
훈련을 한 사람은 결코 거만할 수 없다고 생각해요.(정아은)[*]

내 존재를 떠받드는 훈련, 그리고 타인을 위한 일상적인 노동.
세상에 이보다 더 귀한 일이 있을까? 나는 아직 찾지 못했다.

오늘도 새벽 6시 40분. 잠든 아이의 얼굴을 몇 초간 바라보다가
씩씩하게 출근한다. 아이가 학교에 잘 갔다는 남편의 메시지가
오면 안심하고 일을 시작한다. 오늘 너무 덥게 입고 간 건
아닌지, 준비물은 제대로 챙겨갔는지 걱정될 때마다 주문을
왼다. '지금 내가 걱정해서 해결할 수 있는 일이 있어? 없지?
그럼 하지 마. 아이가 곁에 있을 때 잘하면 돼.' 그리고 또
마음속으로 왼다. '엄마가 행복해야 아이도 행복하다.' 아이의
행복을 위해서라도 나는 더 행복해지기 위해 애쓴다.

[*] 엄지혜, 「정아은 "집에서 논다는 말, 들어본 적 있나요?"」,
《채널예스》, 2020년 6월 17일, https://ch.yes24.com/
Article/View/42055.

엄지혜

엄마, 독자, 직장인의 정체성으로 산다. 또 다른 정체성(아내, 딸, 저자 등)도 있지만 세 가지로 스스로를 소개하는 이유는 그것이 주요한 글감이기 때문이다. 책보다 드라마를 더 좋아한다. 현실을 파고드는 소설, 자신을 투명하게 바라보는 에세이를 좋아한다. 수줍음이 많은 사람, 생활 감수성이 뛰어난 사람을 좋아하고 그들에게 말을 걸고 질문하는 일을 즐거워한다. 삶은 언제나 작은 일로부터 시작되고 변화한다고 생각한다. 직장맘 9년차로 외동아들을 독립적으로 키우려고 노력한다. 부담스럽지 않은 부모, 편안한 부모가 되는 것이 인생의 중요한 목표다. 에세이 『태도의 말들』을 썼고, 예스24에서 《채널예스》, 「책읽아웃」을 만들었고, 현재 《얼룩소(alookso)》에 디터로 일하고 있다.

이
설아

돌봄이 필요한 이들이
서로를 끌어안을 때

입양 지원
실천가

우리가 입양이라 부르는 것들

"제가 상처가 좀 많은 사람이거든요."

  갓난아기 때 입양이 되었다가 스무 살에 파양이 되었고,
올해 서른넷이 되었다며 자신을 소개한 그녀의 첫마디였다.
비장해 보이는 첫마디 뒤로 누군가 조금이라도 귀를 기울이면
십수 년 묵혀온 그간의 이야기를 와르르 쏟아낼 것만 같은,
외롭고 두려운 나를 좀 잡아달라는 속마음이 간절하게
묻어났다. 그녀가 들려주는 30년 세월의 간략 버전을 전화로
전해 듣고 대면 상담 약속을 잡았다. 현재 거주하는 곳이
불안정해 보여 하루라도 빨리 만나 앞으로 삶을 어떻게
이어갈지 함께 논의해야겠다는 생각이 들었다. 이미 여러 색의
점으로 꽉 차 있는 스케줄러에서 간신히 빈틈을 발견한 나는

며칠 후 센터에서 그녀와 만나기로 약속을 잡았다.

그녀의 입양부모는 어쩌다 파양까지 생각하게 되었을까. 처음 입양을 결정했을 때는 아이가 생기고 부모가 된다는 사실만으로도 벅찼을 텐데, 아이를 품에 안은 처음 얼마간은 구름 위를 걷는 것처럼 마음이 온통 무지갯빛이었을 텐데 어쩌다 이들은 서로의 손을 놓아버린 걸까. 어디서부터 이들은 엇갈리기 시작한 걸까. 그녀가 통화 말미에 우리 아이들에 관해 이것저것 물은 뒤 조금은 상기된 톤으로 내뱉었던 말이 자꾸만 재생된다.

"설아 샘은 정말 찐 입양부모시네요. 끝까지 아이들 편에서 계시잖아요."

끝까지, 아이들 편에 설 결심 없이, 부모가 되는 방법은 어디 있는 걸까. 50년 가까이 살아온 나는 아직도 그런 길을 알지 못한다. 서른이 훌쩍 넘었지만 가족들로부터 방출된 스무 살 무렵에 머물러 있는 것 같은 그녀의 목소리를 떠올리자니 혈혈단신 그녀가 이제 어디에 뿌리내리도록 도와야 할까 마음이 분주해진다.

오후에는 아이를 입양 보낸 지 4년이 되었다는 스물두 살의 어린 엄마를 만났다. 4년 전 아들을 낳았지만 자신처럼 고생스럽게 자라도록 둘 수 없어 아이를 입양 보냈다는 그녀. 그 아이가 사무치게 그립고, 생사만이라도 확인할 수 있으면 좋겠다며 도움을 청해 와 만나게 되었다. 아이의 소식을 들을

길이 없어 몸과 마음이 힘든 가운데도 자신의 삶을 억척같이
꾸려온 그녀의 이야기를 듣는데 내 눈동자와 가슴에서도
작은 지진이 시작되는 느낌이 들었다. 만일 아이와 재회한다면
해주고 싶은 말이 무엇인지 묻는 나에게 입안에 맴도는 말을
꺼내느라 한참 시간이 걸렸던 그녀는, 잘 자라주어 고맙다고,
너를 키우지 못해 미안하다고, 그리고 단 하루도 너를
생각하지 않은 날이 없었다고 말해주겠다고 했다. 스물두
살 어린 엄마의 입을 통해 듣는 저 깊은 마음이라니, 나의 세
아이들이 떠올랐다. 아이들이 자신의 생모를 만나 이 말을
들을 수 있다면 얼마나 좋을까. 이런 이야기를 직접 전해들을
날이 과연 오게 될까. 다음 약속을 잡고 헤어져 걷는데 문득,
이렇게 여러 생모들과 만나다가 어느 날 우리 아이들의 생모와
만나게 되는 건 아닐까 생각이 들었다. 그녀들은 어디서 어떻게
살고 있을지, 적절한 도움을 받으며 아픔을 치유해가고 있는지
많이 궁금해졌다.

　　나는 입양의 생애주기에 맞춰 입양가족을 지원하는
입양 사후 서비스 실천가이다. 많은 이들이 흔히 알고
있는 홀트아동복지회, 동방사회복지회 같은 입양기관은
예비입양부모가 입양을 신청해서 법원허가를 통해
입양부모가 될 때까지 모든 절차와 상담, 가정조사 등을
진행하는 기관으로, 입양이 성립되고 나면(최종적으로
가정법원의 허가가 필요하다.) 입양가정의 삶에 개입하는 부분이

이
설아

점차 줄어든다. 반면 내가 몸담고 있는 입양 사후 서비스
기관은 입양이 성립된 이후부터 평생에 걸쳐 가족의 성장을
지원하는 곳으로, 입양부모 교육이나 가족상담, 지지그룹
운영과 위기가정 지원 등 다양한 영역에 걸쳐 입양가정의 삶에
깊숙이 관여하게 된다.

생물학적으로 연결되지 않은 낯선 타인들이 만나 가족이
되는 건 미디어에서 보는 것처럼 아름답기만 한 일도, 쉬운
일도 아니다. 한 아이를 품기까지 거치는 수많은 감정적 혼란,
인식의 변화, 끝도 없는 기다림의 시간은 상상 이상의 인내와
헌신을 요구한다. 누군가를 위해 마음을 쓰며 헌신하는 일은
자신을 먼저 건강히 돌보는 시간이 없다면 견뎌내기 힘든
과정이다. 아름답고 선한 일이라는 핑크빛 꿈만으로는 절대
완주할 수 없는 길, 평생 나와 우리 가족, 내 삶으로 들어온
아이와 아이 뒤에 연결된 모든 인연을 돌보는 여정이 입양이다.
그래서 나는 부지런히 이 생태계를 오간다. 홀로 가면 안 되는
이 길의 길목을 지키는 중이다.

돌봄을 상실한 사람들

15년 전 입양으로 부모 되기를 선택했다. 딩크족의 간편한
삶을 원했던 내가 '부모의 자리'를 진지하게 고민하다 결국

'입양'으로 그 고민의 종지부를 찍은 건 결혼을 하고 4년이 지나서였다. 왜 출산이 아닌 입양이었냐고 질문한다면 스무 가지쯤 이유를 댈 수 있지만 오늘은 그중에서 큰 비중을 차지하는 '홀로 남겨진 아이 곁에서 믿을 만한 어른이 되고 싶었던' 열망을 이야기하고 싶다.

부모님으로서는 최선을 다해 지켜낸 삶이었다는 걸 알지만 나에게 성장기는 늘 혼자 크는 것 같은 외로움의 시기였다. 사랑하는 관계라고는 한 번도 생각이 들지 않았던 아슬아슬한 부모님의 관계. 그 안에서 표면적으로는 순종적인 모습으로 가정의 평화에 일조하는 의젓한 셋째 딸이었지만, 내면적으로는 더없이 불안하고 외로워 늘 기댈 곳을 찾는 어린 고양이 같은 모습이었다.

불안과 외로움이 극에 달했던 고3 시절, 내게 잠시나마 마음의 언덕이 되어주었던 사람이 있었다. 돌이켜보면 그 역시 불안하기 짝이 없는, 이제 갓 스무 살이 된 청춘이었지만 고3 시절을 먼저 지나본 상급생으로서, 불안하고 외로운 터널을 뚜벅뚜벅 혼자 건너고 있는 인생의 선배로서 내게 힘이 되어주고 싶어 했던 것 같다. 아슬아슬한 관계의 부모를 바라보며 가정이 해체될까 늘 두려움이 있던 시기였기에, 가끔씩 그와 만나 보내는 시간은 불안의 갑옷을 벗어놓고 따뜻한 언덕에 드러누워 온몸을 햇살로 샤워하는 것 같은 느낌을 주었다. 미약하나마 보호받고 있다는 느낌, 내게 좋은

이
설아

것을 주고 싶어 하는 상대의 마음을 느낄 수 있어 가슴 한쪽 구석에 작은 촛불이 켜진 듯 마음이 환해지곤 했다.

따뜻한 언덕의 시간이 1년 남짓 되었을 때, 그는 말도 없이 죽음을 선택했다. 나의 학력고사를 한 달도 남겨두지 않은 시점에 아무런 유서도 남기지 않고 무심히 떠나버린 것이다. 어쩌면 무심하다는 표현은 그보다는 나에게 맞을지도 모르겠다. 죽음을 선택할 만큼 힘들었을 그가 여러 번 신호를 보냈을 텐데, 내 걱정에만 집중했던 나는 그의 결핍과 상처를 살필 여력이 없었던 것 같다. 이제 생각해보면 그 역시 스무 해를 겨우겨우 버텨내왔던 어린 청년이었다. 그가 내 앞에서 의연한 척할 수밖에 없었던 건 나에게서 보이는 불안과 두려움이 자신의 그것만큼이나 절박해 보였기 때문이 아니었을까. 동류는 서로를 알아본다는 말처럼 우리는 잠시 동안 서로를 거울처럼 붙든 채 각자 외로움의 시기를 통과했던 사이였다.

그러나 그마저도 부질없다고 느낀 한 사람이 먼저 손을 놓아버리자 현실은 가차 없이 막을 내렸다. 파티가 끝나고 난 뒤 쓰레기가 난무한 현장을 둘러보는 마음처럼, 그의 존재가 사라진 삶에서 내가 건져낸 건 '버려진 아이'란 이름표 하나였다. 나를 버리기 위함이 아닌 자신의 삶의 무게가 힘겨워 떠난 것이었지만, 아무런 설명도 듣지 못한 채 이전 삶의 연속선에서 튕겨져 나와 낯선 음지를 뒹굴게 된 나로서는 다른 어떤 표현을 찾기 어려웠다. 나는 그저 버려졌다고만 느꼈다. 아무도 나를 돌보는 이가 없다고 느꼈고, 나 역시 나를 돌보지 못했던 시절이었다. 이 커다란 상실을 어떻게 다뤄야 할지 아무도 알려주는 이가 없었다. 몇 년간 무기력과 혼란 사이에서 애도를 거치다 조금씩 현실에 발을 디디기 시작했다. 하지만 다시 사랑을 믿기까지 오랜 시간이 걸렸다.

입양을 선택할 때만 해도 이 경험이 내게 얼마나 깊은 의미를 새겼는지 알지 못했다. 보호가 필요한 아이 곁에서 믿을 만한 언덕이 되어주고 싶다는 바람은 그저 성숙한 어른이 갖는 당연한 생각인 줄로만 알았다. 나는 왜 나를 닮은 아이를 낳고 싶다는 마음은 들지 않고, 홀로 남겨져 슬픔과 두려움 앞에 길을 잃은 아이들을 돌보고 싶은 마음이 생기는 걸까? 간혹 궁금했지만 깊이 파고들지 않았다. 그러다 세 아이들이 자신의 입양됨을 이해하고 받아들이는 과정을 함께하면서 비로소 내가 왜 입양을 선택했고, 세 아이를 평생에 걸쳐 돌보는 부모의 자리를 선택했는지를 더 깊이 깨닫게 되었다.
　　세 아이들 모두 자신의 입양을 이해해가는 과정에서 참 많이 울었다. 자신을 가장 먼저 환영하고 평생 곁에서 돌봐주어야 할 생부모(낳아준 부모)가 인생에서 사라졌다는 사실은 그 어떤 설명으로도 납득이 가지 않는, 어린 아이들에겐 잔인하고 가혹한 뉴스임이 분명했다. 아이들은

이
설아

세상과 어른들이 기대하는 것처럼 "입양이 되어서 기쁘다."라고 말하거나 "입양은 행복이고 사랑"이라고 말하는 대신 "나를 낳아주신 분은 왜 나를 키우지 못하고 나를 떠났나요?"라고 물으며 울었다. 자신은 왜 친구들과 달리 마땅히 있어야 할 관계가 끊어져 있는 건지, 왜 한 자리에 뿌리내리지 못하고 이리저리로 이동되어야 했는지, 자신이 정말 버림받을 만큼 가치 없는 존재인지 누군가의 답을 빌려 속 시원히 듣고 싶었을 것이다. 누구도 대답해주지 않는 상실, 도무지 이해되지 않는 상실을 받아들이느라 아파하는 아이 곁을 지키려니 내 안에 20년 가까이 잠재워두었던, 충분한 애도를 끝내지 못한 상실이 꿈틀대기 시작했다.

돌봄의 상실. 갑작스레 삶을 마감한 그로 인해 이전의 안온한 관계로부터 분리되고, 또래의 평범한 삶으로부터 튕겨져 나와 방향을 잃었던 열아홉의 내가 떠올랐다. 나를 제외한 세상은 다시 아무렇지도 않게 돌아가고, 부모님은 변함없이 그 자리를 지키며 나의 의식주를 해결해주셨지만, 슬픔과 충격에 잠식당했던 나는 삶으로 나아가지 못하고 내내 그 자리에 머물러 있었다. 내가 무슨 일을 겪고 있는지 부모님께 말하지 못했지만, 진실로 누군가의 도움이 필요했던 시절이었다. 내가 겪은 일들이 얼마나 큰 상실인지 공감해주고, 실컷 울 수 있도록 넓은 가슴을 빌려주는 사람, 멍하게 삶을 정지한

동안에도 괜찮다고, 천천히 회복해도 된다고 말해줄 어른이
필요했지만 적절한 도움을 받지 못한 채 성인이 되어버렸다.

　세 아이와 함께 울던 시간 동안, 내 안에 미처 애도하지
못했던 상실이 하나둘 돌봄을 받는다는 느낌을 받았다. 어느새
내 아이들에게 마음껏 울 수 있는 기회를 제공하는 안전한
품이 되었다는 것, "네가 느끼는 그 모든 감정이 옳아."라고
말해주는 어른이 되었다는 사실은 내 상실을 훌쩍 떠나보낼
힘을 주었다. 내가 우리 아이들에게 해주고 싶었던 게 바로
이거였구나, 더불어 내 자신에게도 이 시간을 건네고 싶었구나,
뒤늦게 깨달음이 왔다. 아이들과 몇 년에 걸쳐 함께 울고,
조금 가벼워진 마음을 나누고, 삶을 긍정하게 되는 과정을
함께하면서 나는 이전보다 더 강건한 어른이 되어 있었다.
아이들이 가르쳐준 입양의 본질을 알고 나니 더 적극적으로
타인의 상실과 애도를 돕는 길목을 지키고 싶어졌다.

　　우리가 서로를 끌어안을 때
　　새로운 삶의 진도가 시작된다

한 달에 한 번, 입양의 세 당사자가 모이는 자리가 시작되었다.
세 명의 입양자녀를 키우면서 아이들에게 생부모라는 존재,
그리고 아이의 역사와 관련된 모든 순간이 얼마나 중요한지를

이
설아

깨닫게 된 나는 내 아이를 건강하게 키우는 일과 이 땅의 생부모 (아이를 키우지 못해 입양 보낸 부모)를 돌보는 일이 긴밀히 연결되어 있음을 알게 되었다. 입양아동의 생애 초기를 간직한 유일한 사람임에도 사회의 보이지 않는 곳으로 사라져 도무지 그 존재를 만나기가 쉽지 않았지만, 간절히 원하고 바라는 마음을 글로, 말로, 기회가 있을 때마다 내비치다 보니 어느 순간 그 인연이 시작되었다. 생모 선생님 한 분과의 만남으로 시작된 인연은 또 다른 생모 분들과의 만남으로 줄줄이 이어졌고, 여기에 뜻을 모은 성인 입양인과 입양부모들의 참여가 더해져 서로가 서로를 돌보는 새로운 돌봄 공동체가 시작되었다.

'입양 삼자 자조모임'이라는 이름의 돌봄 공동체는 한 달에 한 번씩 모여, 긴 시간 각자의 자리에서 살아온 삶에 대해 이야기하고 비어 있는 기억의 조각을 맞추며 함께 울고 웃는 시간을 보냈다. 실컷 울고 난 다음엔 맛있는 식사를 함께 나누며 힘내라고, 건강해야 행복할 수 있다고 서로를 챙기는가 하면, 가끔 1박 2일로 소풍을 떠나기도 했다. 서로를 이불 삼아 밤새 두런두런 이야기를 나누며 그간 외롭게 지나온 수많은 낮과 밤을 함께 공감하고 서로 안아주는 시간을 가졌다.

'입양 삼자 자조모임'은 자신의 입양부모와 입양에 관한 이야기를 나누지 못하고 자랐던 입양인에겐 입양과 관련된 자신의 모든 두려움과 궁금증, 감정을 나눌 수 있는 시간이 되었다. 입양자녀를 키우는 부모들에겐 성인 입양인의 고백을

통해 내 아이의 속마음을 헤아려보는 시간이 되는 것은
물론, 입양자녀의 특수한 욕구들을 어떻게 채워주어야 할지
인사이트를 얻는 시간이 되었다. 생부모의 삶의 고백은 모두를
위해 좋은 선택이라 여겼던 입양이 누군가에게는 트라우마가
되고 평생의 삶을 짓누르는 아픔이 될 수 있음을 알려주었다.
이들의 이야기를 들은 입양부모들은 우리 아이의 생모도
이토록 힘든 여정을 지나고 있겠구나 깨닫게 되고 진심으로
생모의 건강한 삶을 지지하게 되었다.

　　그렇게 서로의 속마음에 귀 기울이고, 판단 없이 서로를
끌어안는 시간이 3년 정도 지나자, 누가 먼저랄 것도 없이
구성원 모두가 새로운 생의 진도를 이어가기 시작했다.
정체성을 찾지 못해 혼란스러웠던 한 성인 입양인은 자신의
정리된 생각을 글과 강연으로 담담히 고백할 수 있을 만큼
안정감을 찾았고, 또 다른 성인 입양인은 내내 미루고 있던
'입양정보공개청구'와 '재회를 위한 신청'*을 시작했다.

---

　　*　'입양정보공개청구'란 양자가 된 사람이 자신의 입양과
　　관련된 정보를 관련 기관(아동권리보장원 또는 입양기관)에
　　요청하여 제공받는 제도이고, '재회를 위한 신청'이란
　　입양인이 입양정보공개청구를 할 때 생부모의 정보뿐
　　아니라 직접 만남을 요청하는 것을 말한다. 생부모 측
　　동의가 있어야 성사되며 일반적으로 성사될 확률이 낮은
　　편이다.

이
설아

생부모에 대한 막연한 편견이 입양자녀에 대한 불안감으로
스며들어 아이를 자꾸 통제하려 했다던 한 입양부모는
입양자녀의 상실감과 두려움을 더 깊이 이해하게 되었다면서,
누가 뭐래도 끝까지 아이 편에 서겠다고, 아이 곁을 오래
지켜야 하니 자신의 건강도 열심히 챙겨야겠다고 힘주어
말했다.

　　이 공동체에 머무는 동안 입양인과 입양부모의 삶과
마음을 깊이 이해하게 되었다는 생모는 앞으로 아이가
재회를 원할 때 반드시 용기 내어 그 자리에 나갈 것이라고,
또 막연히 부럽고 미웠던 입양부모의 수고스러운 삶에 대해
알게 되었다며 진심으로 아이를 사랑해주어 고맙다고 전했다.
아이를 떠나보낸 자신이 너무 수치스러워서, 아이 앞에 다시
선다는 게 너무 두려워서, 내내 숨으려 했던 그 마음이 돌봄
공동체가 건넨 진실의 빛을 받아들인 것이다. 이제 생의 양지로
나서겠다고 용기를 내는 생모들의 고백을 들으니 돌봄은
이렇게나 큰 힘이 있구나 싶었다. 서로의 아픔과 두려움을
돌본다는 것, 일방적인 수혜자나 시혜자가 아닌 동등한
이웃으로 서로의 삶에 귀 기울인다는 것은 이렇게나 모두의
삶을 단단하게 빚어주는구나 싶었다.

감정을 돌보는 일이 영혼을 돌보는 일임을
아이들에게도 가르칠 수 있기를

어느새 훌쩍 자란 세 녀석이 열일곱, 열다섯, 열한 살이 되었다.
아이들을 키우며 가장 공들였던 부분은 자신의 감정을 돌보는
힘을 키우는 것이었다. 건강한 밥상을 위해 부지런도 떨어보고,
아이가 도전하는 것에 적극적이고 열렬한 응원을 보내기도
했지만 무엇보다 아이들이 자신의 감정을 이해하고 솔직한
언어로 표현할 수 있도록 하는 데 마음을 기울여왔다. 덕분에
아이들은 입양과 관련한 이야기는 물론, 삶의 어떤 질문이나
감정도 나와 함께 나눌 수 있다. 입양되었다는 사실이 슬펐을
때도, 생모가 밉다가 그리워졌을 때도, 왜 내 인생에만 이런
일이 생겼을까 원망이 몰려올 때도 엄마와 솔직한 감정을
나누는 아이들로 자랐다. 자신의 감정을 공감받고, 속마음을
털어놓는 것만으로도 마음의 무게가 덜어진다는 것을, 자신이
진심으로 존중과 돌봄을 받는다는 것을 깨닫게 된 것이다.
돌봄은 받는 사람이나 건네는 사람 모두를 똑같은 온도로 감싸
안는 힘이 있다. 아이들과 속마음을 나누고 꼭 끌어안다 보면
내 성장기 중에 누려보지 못했던 섬세하고도 따뜻한 손길에
영혼을 맡기는 느낌이 든다. 이제 아이들도 그 돌봄의 온도로
타인을 끌어안는 법을 배워갈 것이다.
　　나를 찾아오는 이들 대부분은 자신의 감정을 돌보는

이
설아

데 어려움을 겪는 이들이다. 입양가정에서 사랑을 받으며
자랐음에도 생부모에 대해 궁금해하는 자기 자신을 이해할
수 없다며 입양부모에 대한 충성심과 자신을 알고자 하는
열망 앞에서 혼란과 죄책감을 느끼는 입양인, 입양자녀를
돌보며 애착의 어려움을 겪는 입양부모, 입양자녀에게 또
다른 출생가족이 있음을 인정하고 그에 따른 여러 감정을
수용하는 것에 어려움을 느끼며 자신만 실패한 것 같다고
느끼는 입양부모, 아이를 떠나보낸 후 밀려드는 수치감과
죄책감, 상실감을 그 어디에서도 이해받지 못해 고통스러운
생부모가 그들이다. 세상이 말하는 '아름답고 숭고한 입양'에
부응하지 못해 괴로워하는 이들을 만나면 가장 먼저 "당신의
감정은 옳아요. 그렇게 느껴도 괜찮아요."라고 말해준다.
세상이 규정한 입양이 아닌 내 삶으로 들어온 입양을 그대로
인정하고 수용하는 일, 그것으로부터 자신의 영혼을 돌보는
일이 시작되기 때문이다.

　　나는 감정을 돌보는 것이 곧 영혼을 돌보는 일이라 믿는다.
영혼이 성장하는 동안 족히 수만 번은 휘감고 지나갈 다양한
성장통, 그리고 그와 짝을 이룬 감정을 매 순간 환영하는
일은 언제나 중요하다. 내게 부족했던 돌봄의 공백을 메우는
일, 그렇게 채워진 가슴으로 내 가족을 돌보는 일, 내 가족이
건넨 충만함에 힘입어 입양 생태계에서 만나는 수많은
이웃을 끌어안는 일 모두 하나로 연결되어 있다. 이 모든

것은 언제부터인가 내 삶에서 선순환을 일으키며 점점 더 큰 원을 그리고 있다. 나는 이 거대한 순환 시스템에 몸을 맡기며 오늘도 입양 생태계 곳곳을 누빈다. 돌봄이 필요한 이들이 서로를 끌어안는 더 큰 돌봄 공동체를 만날 수 있도록 부지런히 마음과 마음 사이를 누빈다.

이
설아

이설아

―――――――

입양에 대한 알 수 없는 이끌림으로 2008년 생후 한 달 된 아들 주하의 부모가 됨으로써 '창의적 가족 만들기'의 첫발을 떼었다. 주하가 보여준 사랑과 기쁨에 힘입어 연장아 입양(나이가 있는 아이를 입양하는 것)을 결심하고 다섯 살 미루를 만났다. 단단히 마음을 준비하고 아이들을 만났다고 생각했지만 가족을 만드는 일, 부모가 되는 일은 쉽지 않았다. 그 과정에서 『가족의 탄생』이라는 책을 썼다. 주하와 미루가 함께해준 사랑과 기쁨, 고통과 성장을 바탕으로 개방 입양(생부모와 입양부모가 아이를 위해 열린 관계를 이어가는 입양 형태)에 도전해 완이를 만났다. 생부모와 입양인, 입양부모가 함께 행복하지 않은 입양은 반쪽짜리에 불과하다는 깨달음 때문이었다. 이 과정을 겪으며 다시 『가족의 온도』라는 책을 썼다.

2015년 '건강한입양가정지원센터'를 설립해 대표로 활동하며, 입양 부모 중심의 입양에서 '아동이 경험하는 입양'으로 관점을 변화시키는 교육을 이어오고 있다. 2018년부터 만 1세 이상의 아이를 입양하려는 예비 입양부모를 위한 심화교육을 '아동권리보장원'과 함께 진행해왔고, 국내 최초로 '입양 삼자 자조모임'을 시작하여 입양의 세 주체인 성인 입양인과 생부모, 입양부모의 목소리가 세상에 흐르도록 했다. 2022년 입양 생태계의 생생한 이야기를 담은 『모두의 입양』을 출간했으며 같은 제목의 유튜브 채널을 운영 중이다.

guncen4u.org

김
희진

양육 간증:
나를 잃었다 찾은 이야기

편집자

매일 잠에서 깰 때마다
자신의 존재 가치를 증명해야 한다는
중압감에 시달리는 여자들에게

어느 날 주변을 둘러보니 이런 여자들이 보였다. 어떻게 해서든
사회에서 내 몫 이상을 해내려는 여자들. 마치 늘 쓸모를
증명해야 존재할 수 있다는 듯이 그렇게 계속해서 자기를
몰아붙이는 여자들. 예전엔 그냥 대체로 여자들이 더 근성
있고 성실하고 책임감이 있어서 그런 건 줄 알았다.

그런데 내가 아이를 낳고 나서야 알았다. 모든 인간은
자신의 쓸모와 가치를 입증하지 않아도 살 권리가 있다는
것을. 내가 이렇게 열심히 다른 사람들의 필요, 사회의
필요, 공적인 필요에 부응해내는 사람이라서가 아니라 그냥

태어났기 때문에 살아갈 권리가 있다는 것을. 그 여자들에게도 꼭 말해주고 싶다. 증명하지 않아도, 입증하지 않아도, 논리적으로 해명하지 않아도 된다고 말이다. 당신들이 태어나 자라면서 가정과 사회에서 있는 그대로 사랑받고 충분히 수용받았다면, 당신들은 지금보다 훨씬 더 권리감 있는 인간들이 되었을 거라고. 그렇게 해서 열심 끝에 마주하는 결말이 번아웃이 아니라 창조적인 삶이 되었을 거라고 말이다.

그때부터 나의 양육 목표는 아이에게 '너는 존재 자체로 충분히 아름답고 귀하다.'는 믿음을 심어주는 것이 되었다. 여자아이들이 사랑받지 못하면 귀신같이 능력주의적인 생존 전략을 장착하는 쪽으로 돌아서기 때문이다. 물론 이것을 엄마 혼자서 할 수는 없으리라. 그렇지만 최소한 내가 아이에게서 그 믿음을 빼앗는 사람이 되지는 않겠다고 결심했다.

양육 중독자

양육에 대해서 나는 왜 이렇게 관심이 많을까? 아무리 생각해보아도 이것은 일반적인 관심이라기보다는 '덕심'에 가까운 것이었다. 나는 덕질을 하듯이 양육을 했다. 그렇게 해서 양육에 관한 책(『돌봄 인문학 수업』)을 썼을 정도인데, 그것도 양육을 너무 잘해서 그 방법을 공유하는 책이 아니라

내가 얼마나 못하고 그로 인해 얼마나 괴로운지, 그러면서도
얼마나 이 경험에 과몰입하고 있는지 줄줄 고백하는 책이었다.
정신없는 와중에도 이 모습이 남우세스러울 것은 충분히
예상되어서 주변인들에게 '전향자의 열정'으로 이해해달라고
부탁하기도 했다.

　　물론 아이의 생명력, 아이의 생동감에는 보편적인 매력이
있다. 인간의 생육과 발달과 성장을 가까이에서 한 순간 한
순간 관찰할 수 있다는 것은 축복이다. 아이는 내가 가장
가까이에서 가장 오랫동안 추적관찰해온 생명체이다. 아이가
태어나기 전 임신과 출산에 대해 고민하고 준비하던 시기부터,
아이가 내 몸속에서 심장과 뇌와 폐와 소화기관과 온갖 신경,
뼈와 근육과 피부를 발달시키던 시기를 지나, 아이가 나로부터
빠져나와 스스로 몸을 움직이고 느끼고 생각하고 말하는
시기를 거치는 동안, 맨 처음부터 지금까지의 모든 과정에서
나는 인간과 생명을 배우고 있다. 나와 아이와 인간에 대해
추상적으로 알고 있던 것을 몸과 마음으로 소화해본다는 것은
분명 특별한 기회이니, 과몰입은 당연한 일인 것 같기도 하다.

　　하지만 이것이 일종의 증상일 수도 있다고 생각했던 것은
아이를 낳은 후 내 상태를 가장 잘 설명하는 단어가
'충격'이었기 때문이다. 나는 충격에 압도당했다. 이전
책에서 나는 그 충격이 출산의 고통 때문도 아니고 수유의
고통 때문도 아니고(물론 둘 다 매우 충격적이었다.), 아이가 너무

김
희진

사랑스럽기 때문이라고 썼다. 정말로 아이가 이렇게
사랑스러울 줄은 몰랐다. 내 안에 그렇게 커다란 사랑이
있다는 것도 상상하지 못했다. 내가 그렇게 상상력이 부족한
사람이었느냐 하면 '평균상' 정도는 되는 사람이라고
항변하고 싶다. 그러니 이것을 호르몬의 지배를 과도하게
받는 상태, 독특한 산후우울증의 증상이 아닐까 생각하게
되었던 것이다.

　　나는 나름 치열한 고심 끝에 결혼을 하고 출산을 했다.
그동안 학습해온 이성적인 계산과 도덕률에 근거한 판단이
비혼 및 비출산을 가리키고 있었음에도 왜 그리고 어떻게
결혼과 출산을 실행했는지, 스스로도 잘 이해되지 않았던
그 과정을 하나하나 다시 되짚어보기 위해서 책을 쓰게
되었던 것 같기도 하다. 물론 책을 썼다고 해서 그 과정이
합리적으로 매끄럽게 이해된 것은 아니다. 오히려 삶을
계속 앞으로 진전시키는 것은 (이성적인 계산과 도덕률에 근거한
판단이라기보다는) 감정적이고 정서적인 가치에 기초한 선택임을
수긍하게 되었다.

　　조금 더 인간적인 문장들로 바꾸어보면, 나는 아이를
낳고 내가 누군지 모르겠다는 느낌, 길을 잃었다는 느낌
때문에 그런 책을 썼던 것 같다. 물론 나는 이전의 나와 다른
인간이 되어서, 길을 잃어서, 진심으로 기쁘고 감사했다. 그
기쁨과 감사함의 크기만큼이나 혼란과 충격도 컸을 뿐이다.

그리고 그런 상황을 소화할 방법들 중 나에게 익숙한 방법이
언어화해서 글을 쓰는 것이었다.

나는 아이를 낳고 나서야 내가 그동안 얼마나 죽음과 가깝고
죽음을 향해 있던 사람인지 알게 되었다. 내 몸을 통과해
아이를 내놓고 나서야 세상이 생명으로 가득 차 있다는
사실을 인지하게 되었다. 나는 많은 사람들이, 아니 최소한
책 좀 읽은 사람들이라면 대부분, 어느 정도의 우울과 불안,
신경증은 겪을 수밖에 없다고 짐작했다. 그리고 그것이
개인의 탓이 아니라 사회 탓, 세상 탓이라고 여겼다.(여전히
절반쯤은 사실이라고 믿고 있다.) 나는 대부분의 사람들이 부모에
대해서 원망과 분노를 품고 있고, 그것을 양분 삼아 사회로
나아가 성취하고 성장한다고 오해했다. 간혹 부모의 사랑,
부모에 대한 사랑을 양분 삼아 성장하는 사람이 있다는
사실을 무시하기 어려울 때도 있었지만, 이건 매우 예외적인
경우이고 어쩌면 매우 부당하고 불공평한 성취와 성장이라고
우기고 싶기도 했다.
　　그런데 아이를 낳고 나서야 내가 아이에게 지니고 있는
사랑, 아이가 나를 향해 지니고 있는 사랑이 보편적인 것임을
알게 되었다. 이 사랑은 어떤 경우 가려지고 가로막아질 수는
있지만 그렇다고 해도 없는 것은 아니다. 모든 부모가 아이를
사랑하고, 모든 아이가 부모를 사랑한다니, 이게 어떻게 된

세상이란 말인가! 내가 세상에 대해 단단히 오해하고 있었다는
사실을 인정하는 것은 그동안 나를 살아남게 해주었던 모든
무기와 방패를 내려놓는 일이나 다름없었다.

아직도 어른이 되지 못한 아이의
상처와 고통

나는 아이의 행동 하나하나에 반응했다. 그 모든 순간을
놓치고 싶지 않았다. 아이의 모든 욕구를 포착하고 모든
표현을 다 읽어내고 싶었다. 어떤 텍스트보다도 섬세하게
깊게 정확하게 다 읽어내고 반응하리라는 과도한(혹은 허황된)
욕구로 가득 찼다. 아이를 통해 단추가 잘못 끼워진 옷의 맨
처음으로 돌아가 새로운 기회를 앞두고 있다고 느꼈다.
이 기회는 놓치고 싶지 않았다.

　　　나를 필요로 하는 아기를 두고 일터로 출근하던 심정은
그래서 절박했다. 심장을 집에 꺼내놓고 나온 것 같았고,
피부가 한 꺼풀 벗겨진 상태로 밖에 나와 있는 것 같았다.
집을 나와 복도를 걸어가는 동안 멀어지는 아기 울음소리가
날카로운 칼처럼 스치면서 온몸에 상처를 내는 것 같았다.
실제로 당시 내 마음은 나뭇잎이 스쳐도 피가 뚝뚝 떨어질 것
같은 상태였다. 나는 이전에도 이와 똑같은 통증을 느낀 적이

있었다는 사실을 한참 나중에야 기억해낼 수 있었다. 어떻게 그렇게 감쪽같이 모르게 되었을까.

어느 날 꾼 꿈이 떠오른다. 내용은 간단하지만 필터를 끼운 것처럼 흐릿한 꿈이었다. 거대한 공사 차량이 우리 사무실 맞은편 건물을 들이받아 건물 일부가 붕괴되고 화재가 발생했다. 나와 동료들은 3층에 위치한 사무실의 커다란 통창을 통해 그 장면을 바라보고 있었다. 그 건물에서 한 여자가 벌거벗은 채 탈출해 우리 건물로 건너와 문을 두드리며 살려달라고 외쳤다. 창밖으로 내려다보이는 여자의 모습은 멀고 희미했다. 창문이 굳게 닫혀 있었기 때문에 외침 소리도 전혀 들리지 않았다. 마치 옛날 TV에서 방영했던 만화영화 캐릭터가 튀쳐나온 것처럼 현실감이 없었다. 여자는 문 앞에서 기절해 쓰러졌지만, 모두 거대한 차량이 건물을 들이받는 스펙터클한 사고 장면에 압도되어 넋을 놓고 있거나, 강렬한 사고 소식에 흥분한 상태였다. 왜 다들 웅성거리기만 하고 움직이지 않는지 의아했던 나는 넌지시 구급차를 불러야 한다고 말했다. 하지만 나 스스로 그 여자를 살려내기 위해 뛰어 내려가지는 않았다. 그야말로 강 건너 불구경을 하는 냉담한 태도였다. 그 여자는 (물론 웅성대던 동료들도) 분명 나일 텐데. 내 안에 이렇게 벌거벗은 채 살려달라고 외치는 취약한 여자가 있다니 그 후로도

김
희진

193

오랫동안 실감이 나지 않았다. 이 세상 모든 캐릭터에 투사를
하고 공감을 할 수 있다고 생각하는 편인데 이 여자에게는
도저히 가 닿을 수가 없어서, 그 취약한 상태를 온전히
느끼려면 어떻게 해야 할지 고심했다. 그 취약성을 수용하고
고통의 감정을 되살리기까지는 오랜 시간 다양한 노력이
필요했다.

이를테면 나는 아이를 낳고 나서야 내가 부모를 절박하게
필요로 했다는 사실을 인정하게 되었다. 이런 감정은 내가
오랫동안 분노라는 질기고 강력한 포장지로 몇 겹이나 싸둔
다음, 무심함(detached, disinterested)이라는 무쇠로 된 상자에
넣고 또 몇 겹의 안전장치를 달아 잘 가두어둔 감정이었다. 이
안전장치를 해제한다는 것은 그 자체로 공포였다.

　　상처받은 아이들 중에서도 이렇게 욕구가 강하게
억압되어 있는 아이는 어른이 되지 못한다. 이전 책에서 내가
'전향자'라고 썼던 것을 읽고 어느 쪽에서 어느 쪽으로의
전향인지 의미를 물어봐준 사람이 있다. 비출산에서
출산으로, 비양육에서 양육으로 생각하기 쉬운 이것의 진짜
의미는 아이에서 어른으로의 전향이었다. 아이가 어른이
되는 것이 자연스러운 자람이 아니라 전선을 건너는 위험한
모험이 되다니. 게다가 이런 경우가 나뿐이 아니라니 이 얼마나
안타까운 일인가.

오랫동안 나는 사랑받고 싶다는 감정을 표현하는 것이 약점을 드러내는 어리석은 짓이라 믿어왔다. 사랑받고 싶다는 정당한 욕구를 표현하는 여성들이 약탈자들에게 손쉬운 먹잇감이 되어온 모습을 자주 보아오기도 했다. 어려서부터 이런 연습을 했더니 나중엔 정말로 그런 감정들은 거추장스럽고 불편하고 불쾌한 것이 되었다. 이렇게 특정한 감정들을 생생하게 감각하지 못하는 성장 후 대부분의 시간 동안 나는 내가 사고형이라서 그런가 보다 하고 MBTI스럽게 생각하기도 했다. 사심 없이 일하는 데, 좋은 성과를 내는 데, 다른 사람들에게 의지하지 않고 독립적으로 살아가는 데, 모두를 공정하게 대하는 데 유용한, 장점이 많은 태도였다. 그런데 아이를 낳고 원시적일 정도로 유아적인 감정들을 되살리게 되었고 폭풍에 휩쓸린 것이다. 이 감정의 폭풍 속에서 살아남을 자신이 없었다.

이제 나는 내가 아이로서 부모에게 사랑받지 못하고 수용받지 못했던 순간을 떠올리면 '가슴이 찢어질 듯이' 아프다. 고통이 무엇인지 가물가물할 때 이런 기억을 떠올리면 곧바로 생생하게 그 감정의 엄밀한 '정의(definition)'에 해당할 법한 무언가를 감각한다. 그리고 그 안에는 아이처럼 사랑받고 싶다는 유치한 마음이 남아 있다. 이것을 달래고 어른으로 자라는 것이 나의 숙제다.

김
희진

이분법이 아닌
스펙트럼의 문제

내가 만났던 수많은 심리 전문가들은 서로 짠 것도 아니면서 하나같이, 그러면 안 되겠지만 혹시라도, 만에 하나 세상에서 딱 한 번의 독재가 허용된다면, 검사와 관찰을 통해 부모가 될 수 있는 사람인지 아닌지 사전에 걸러내는 일을 하고 싶다고 뼈 있는 농담을 했다. 자기 문제를 해결하지 못해 채 어른이 되지 못한 사람들이 아이를 낳거나 키울 때 그 아이의 영혼이 얼마나 큰 상처를 받는지 보아왔기 때문일 것이다. 심지어 그런 심리적인 부담은 대를 거듭할수록 기하급수적으로 심각해진다고 많은 전문가들은 입을 모은다.

이쯤에서 한번쯤 짚고 넘어가보자. 아이를 잘 키운다는 것, 잘 돌본다는 것은 무슨 의미일까? 좋은 부모란 과연 존재하는가? 좋은 부모란 어떤 부모인가? 내가 접한 모든 전문적·비전문적 정보는 부모가 해야 할 일로 다음의 세 가지를 공통적으로 꼽았다.(거친 요약을 양해해주기 바란다.)

1   아이를 먹이고 입히고 재우는 것. 아이의 성장과 발달에
     기본적인 물질적, 물리적 욕구에 반응하는 것.
2   아이의 감정에 공감해주고 수용해주는 것. 아이의

기본적인 정서적 욕구에 반응하는 것.

3   아이가 사회에서 생존할 수 있도록 최소한의 교육을
지원하는 것. 아이의 사회적 삶의 준비를 돕는 것.

물론 이 중 하나만 받거나 두 개 정도만 받았다는 사람들이
많을 것이다. 심지어 하나도 받지 못한 사람들도 적지
않으리라. 나는 인류의 역사가 꼭 평평한 공간에서 직선으로
진보하는 것은 아닐지라도, 울퉁불퉁한 공간에서 아주 완만한
나선형으로는 진보한다고 믿는 사람이다. 우리 시대보다는
우리 부모 시대가, 현재보다는 구석기 시대가 생명과 인간과
어린이에 대한 존중, 양육에 대한 지식과 관심이 부족한,
척박한 시절이었을 것이다. 거꾸로 이 세 가지보다 넘치게
주는 부모도 이상적이지 않다. 특히 부족한 환경에서 자란
사람은 부모가 되면 그 이상을 주려는 부모, 그렇게 함으로써
자식의 인생을 빼앗으려고 하는 부모가 될 가능성이 높다.
그렇게 많은 부모들은 이 사이 어딘가에서 부족하거나 넘치는,
불완전한 부모가 되는 것이다. 물론 좋은 부모와 나쁜 부모가
이분법으로 나뉘는 것은 아니고 역시 스펙트럼의 문제일
거라서, 가운데 쪽(그러니까 덜 부족하고 덜 넘치는 쪽) 양육
환경에서 자라나는 사람들도 구석기 시대부터 동시대에
이르기까지 의외로 없지 않다. 세상은 그런 사람들 덕분에
그래도 이 정도로 아름답게 굴러가고 있는지도 모르겠다.

김
희진   197

이전에는 위화감을 느꼈던 이런 사람들에게 지금은 고마움을 느낀다. 이런 자원을 가진 사람들이 과하게 부족하거나 넘치는 부모들이 살아가는 세상의 빈틈을 메우는 시스템을 고민하고 만들어낼 수 있기 때문이다.(그런 자원이 하나도 없는데 사회의 빈틈을 메우는 시스템을 만들고 싶은 이들은 반드시 자신의 빈틈을 메우는 것부터 시작해야 한다는 사실도 내가 양육을 통해 뼈아프게 깨달은 사실이다.)

나는 어려서 여러 가지 사정으로 내가 필요로 하는 만큼의 사랑을 받지 못한 쪽이다. 태어나서부터 오랫동안 원가족과 따로 떨어져서 살기도 했고, 기질적으로 문화적으로 공통점이 없었던 부모님은 갈등을 겪으셔야 했고, 두 분 모두 각자의 어려움과 문제들에 둘러싸여 있었다. 가부장제 같은 풍조의 영향도 받았다. 게다가 나 역시 기질적으로 부모님과 소통하기 어려운 면이 있었다.

그러다 나이가 들어 공부를 시작하고 일을 시작하자 달라졌다. 학교와 사회에서는 열심히 잘하면 그만큼 평가해주고 대우해주고 인정해주었다. 공정함에 대한 신뢰와 집착이 자라나기에 완벽한 습도와 온도였다. 가정에서 겪은 모든 어려움들이 사회에서는 나를 적응하게 하는 원동력이 되었다.(물론 이후에는 그 인정과 평가가 얼마나 인색한 거래의 대가인지, 사회에는 또 얼마나 치사하고 가혹한 차별이 존재하는지 깨달을 기회가 충분히 있었다.)

　부모님이 나에게 의도적으로 상처를 입힌 것은 아니다.
의도는커녕 인지도 못한 것이었다. 부모님이 나를 사랑한다는
것을, 그것이 동물적인 차원이나 무의식 차원에서라도
존재한다는 것을 이제는 알고 있다. 부모님은 단지 자신들의
문제가 있었을 뿐이고 그래서 그 사랑을 누리고 표현하지
못했을 뿐이다. 부모님들이 겪었고 겪고 있는 어려움을 아마
나는 끝까지 잘 모를 것이다. 나도 부모님도 남들이 그것을
알아주건 몰라주건 각자의 방식으로 각자의 취약성을
끌어안은 채 살아가게 될 것이다. 다만 나는 그 문제들과
취약성을 낭만화하거나 혐오하지 않고 소화해가려고 노력하고
있다.

어쩌다가 회사를 그만두고,
어쩌다가 다시 회사를 만들었나

이쯤에서 일에 대한 이야기로 돌아와야 할 것 같다. 나는
내가 하는 일을 좋아하지만, 때때로 알 수 없는 소진 상태에
직면하곤 했다. 아이를 낳고 나서는 알 수 있는 이유로 그랬다.
아이가 예민하고 양가의 도움이 없고 안정적인 보조양육자가
없고 회사에서 맡은 책임이 일반적인 경우보다 더 클 수밖에

김
희진

없었다는 등의 여러 상황이 있었지만, 무엇보다 나의 심리적인
상태가 일반적인 경우보다 훨씬 취약했다.(아이를 떼어놓고
나가는 것 자체가 그렇게 괴로웠다는 사실이 증거다.) 아이 때문에
일을 포기하는 사람들을 이해할 수가 없었는데 이렇게 또 결코
이해할 수 없었던 일 하나를 끝내 이해하게 되었다. 비슷한
또래 아이들을 키우는 엄마들과 함께 공동육아 모임이나
독서모임을 만들고, 병원에 다니고 상담을 받고 분석을 받고,
운동을 하고 춤을 추고 여러 워크숍에 참여하고, 명상을 하고
기도를 하면서 그 시간들을 지나왔다.
　　내가 나를 돌보는 작업을 하는 동안 나에게 더 어울리고
적합한 삶의 방식, 내가 좀 못하더라도 정말로 하고 싶은
일에 대해서도 고민해보게 되었다. 그 고민의 내용을 다
정리해서 공유할 수는 없지만 한두 조각만 공유를 하자면
다시 꿈 이야기를 해야 할 것 같다. 퇴사를 결심하기 전부터
실행하기까지 나는 여러 꿈을 꾸었다. 그중에서 특히 이런
장면들이 기억에 남는다.

세대를 거듭해서 일어나는 살육의 현장을 목격한 꿈을
자주 꾸었다. 누군가가 누군가를 죽여서 잘라낸 살들을
어부들이 끝없이 포장해서 바다에 버리고 있었는데 그
사람들이 누구인지 왜 죽이고 왜 죽는지는 비밀이었다.
인근의 돌고래들에게 물어서 이 사건의 진상을 밝히겠노라

결심하면서 깼다.

　　퇴사한 후에는 돌고래들이 뛰노는 바다가 내려다보이는 터에 건물을 짓는 꿈을 꾸었다. 석조 건물이지만 지루하거나 딱딱하지 않고 머리가 크고 몸통이 작은 가분수 건물이지만 위압적이지는 않은, 마음에 드는 건물이었다. 바다로 난 산책로에는 돌로 된 발판이 있었다.

　　그 외에도 돌고래가 등장하는 많은 꿈을 꾸었는데 돌고래들은 확실히 나보다 나에 대해 많이 알고 있는 것 같았다. 그렇게 해서 나중에 만든 회사의 이름은 돌고래가 되었다. 돌고래가 길을 안내해주리라는 믿음을 담았다. 물론 믿음과 행동 사이에는 커다란 간극이 있어서 또 한참의 시간이 필요했다.

퇴사를 한 이후에 감사하게도 많은 제안을 받았다. 세상에 재미있고 의미있는 일은 너무 많았다. 그러나 그것이 나의 일인지 아닌지 머리로는 도저히 알아낼 수가 없었다. 이렇게 재미있고 의미있게 여겨진다면 내가 해야 하는 일이 아닐까 생각한 적도 많았고, 일단 먹고는 살아야 하니까 생계 중심으로 결정해야 하지 않을까 생각한 적도 많았다. 게다가 심지어 잘할 수 있을 것 같기도 했다. 그러다 보니 그동안 내가 사회생활에서 살아남은 방식은 '거절하지 않는다', 그러니까 정치적으로 윤리적으로 잘못된 일이 아니라면 모두 다 한다는

김
희진

것이었음을 깨달았다.

　복이 넘친다고 할 수는 없었던 사회생활 초년기를 거쳐
좋은 회사를 만나고 좋은 선후배 동료들을 만나고 점차
기회들이 주어졌다. 아무도 알아주지 않는 것 같았는데 시간이
지나니 나의 열심을 높이 평가해주는 사람들이 생겼다. 조용히
미친 듯이 일만 했던 시기가 귀한 양분이 되었음은 부정할
수 없다. 그 시절에는 틀림없이 그랬지만, 지속 가능하지
않다는 것이 문제였다. 다르게 살아야 했다. 그래서 내가
가지고 있던 전략, 무기, 방패 들을 내려놓게 되었다. 한때는
매력적인 제안을 할 때 받아들이지 않는 사람들의 소극적인
자세가 답답했고, 어느 때는 그들의 그 배부름과 여유 있음이
부럽기도 했는데, 이제는 나도 거절할 수 있는 사람이 된
것이다.

　퇴사 2년이 지나 지금의 회사를 만들었다. 마음이
원하는 방향으로 내 속도에 맞게 가고 있다는 믿음이 이렇게
든든한 것인 줄 몰랐다. 물론 불안하고 조급해질 때가 있다.
하지만 그런 상태가 길게 가도록 내버려두지 않는다. 책임이
사라지거나 가벼워진 것은 아니지만 징징대지 않고 받을 수
있는 도움을 받으려고 노력한다. 평가를 의식하지 않는다.
어차피 사람들은 나에게 관심이 없고 나에게 가장 혹독한
평가를 했던 것은 나 자신이었다. 평가와 걱정과 근심에
쓸 에너지를 모아 그 순간에 할 수 있는 일들을 하기에도

부족하다. 내가 선택한 방향이 맞다는 것을 굳건히 믿지만
그렇다고 결과가 좋을지까지는 알지 못한다. 그렇지만
진심으로 잘되기를 바란다. 이렇게 거리낌 없이 순도
100퍼센트로 잘되기를 바라는 마음조차 아무나 가지는 것이
아니라는 것을 알 만한 사람들은 알 것이다.

유일한 양육 목표

나는 앞서 잠깐 언급했던 심리 전문가들이 아이를 낳기 전에
조금 더 준비를 했더라면 좋았겠다고 여길 수도 있을, 미성숙한
부모다. 아이를 낳고 나서야 나의 심리적인 문제들을 해소하기
위해 노력하고 있지만 속도는 더디고 갈 길은 멀다. 그래도
내가 아이를 낳고 키운 것이 축복이라는 생각에는 변함이
없다. 부모님의 미성숙함도 내 것만큼 있는 그대로 바라보려고
노력한다. 사실 이렇게 미성숙하기 때문에 목격하고 관찰하고
인지할 수 있는 것이 아주 많다. 이 모든 장면과 이야기를
기록하고자 하는 마음이 큰 것도 미성숙함 덕분일 것이다.
취약성의 아름다움과 한계를 수용하게 해준 것이야말로
돌봄의 경험이 나에게 준 가장 귀한 선물이다.
　　나의 양육 목표는 여전하다. 내가 다 살아내지 못한
삶이 딸에게 부담으로 남지 않기를 바라고 딸의 인생을 내가

함부로 가져와서 살지 않기를 바란다. 어떻게 하면 우리 딸이
자기 삶을 온전히 살아가도록 도울 수 있을까? 나는 아이에게
부족하지도 넘치지도 않게 주기 위해서 노력한다. 특히 넘치지
않으려고 노력한다. 복수하듯 아이에게 사랑을 쏟다가 아이의
삶을 훼손하는 최악의 오류를 저지르지 않으려고 정말로
노력한다.

　　아마 앞으로도 나는 살아가면서 갈등과 충돌을 겪고 내
방식대로 죄를 짓고 용서를 구하고 상처를 받고 용서를 할
것이다. 그러는 사이 딸은 옆에서 자기만의 고유한 실수와
실패를 겪고 그것을 통과해 온전히 자기다운 모습으로
자라나리라고 믿는다. 내가 내 삶을 회피하거나 누군가에게
떠넘기지 않고 살아가는 것이 내가 딸을 위해 할 수 있는
유일한 일인 것 같다. 이렇게 해서 결국은 나의 딸이 둥지를
떠나 훨훨 날아가기를, 날아가다 도착한 곳에 자신의 둥지를
짓고, 자신의 창조물들을 만들어내고, 자신의 창조물들을
힘껏 키워내기를 바란다.

김희진

영문학과 비교문학을 공부한 후 나이 든 학생 신분이 지겨워
질 무렵 돈 벌며 공부할 수 있겠다는 얄팍한 계산으로 편집
자 생활을 시작했다. 여러 출판사에서 10년을 일한 후 민음사
로 옮겨 인문교양 브랜드 반비를 만들었다. 첫 책이 나온 직후
임신해 1년도 안 돼 출산휴가에 들어갔다.(마지막 근무일 새벽 1
시에 퇴근해 다음 날 낮 12시경에 양수가 터졌으니 휴가 열두 시간 만
에 출산한 셈이다.) 이 회사에서 10년 동안 편집장으로 일하다
2020년 봄 퇴사했다. 아이가 학교를 제대로 가지 못했던 팬데
믹 2년 동안 평생 해온 밥보다 더 많은 밥을 지었다. 그사이 생
태전환 매거진 《바람과 물》 창간에 참여해 편집장으로 일하기
도 했다. 2022년 9월 첫 책을 발행하며 정식으로 돌고래 출판
사의 대표이자 편집장이 되었다.

지은 책으로 『돌봄 인문학 수업』, 『사회과학책 만드는
법』, 『서경식 다시 읽기』(공저)가 있다. 특히 『돌봄 인문학 수
업』은 많이 팔리지는 않았지만, 이 책 덕분에 '돌봄'이라는 주
제로 많은 곳에서 다양한 사람들을 만나 이야기를 나눌 수 있
었고, 이번 책도 기획할 수 있었다. 틈틈이 SBI 출판예비학교
와 한겨레교육문화센터 등에서 책 만드는 일에 관한 강의도
한다.

돌봄과 작업

나를 잃지 않고 엄마가 되려는 여자들

초판 1쇄 발행 2022년 12월 2일
초판 9쇄 발행 2024년 6월 14일
지은이 정서경, 서유미, 홍한별, 임소연, 장하원,
　　　　전유진, 박재연, 엄지혜, 이설아, 김희진, 서수연

발행인 김희진
편집 김지운
마케팅 이혜인
디자인 박연미
제작 제이오
인쇄 민언프린텍
발행처 돌고래

출판등록 2021년 5월 20일
등록번호 제2021-000173호
주소 서울시 강남구 선릉로 704 12층 282호
이메일 info@dolgoraebooks.com
ISBN 979-11-980090-2-9 03810